냉정과 열정 사이

Rosso

냉정과
열정 사이

冷静と情熱のあいだ

Rosso

에쿠니 가오리 지음
김난주 옮김

소담출판사

냉정과 열정 사이 Rosso

펴 낸 날 | 2000년 11월 20일 초판 1쇄
2017년 11월 20일 개정판 5쇄

지 은 이 | 에쿠니 가오리
옮 긴 이 | 김난주
펴 낸 이 | 이태권
책임편집 | 박송이
책임미술 | 양보은
펴 낸 곳 | (주)태일소담
서울특별시 성북구 성북로8길 29 (우)02834
전화 | 745-8566~7 팩스 | 747-3238
e-mail | sodam@dreamsodam.co.kr
등록번호 | 제2-42호(1979년 11월 14일)
홈페이지 | www.dreamsodam.co.kr

ISBN 978-89-7381-789-4 04830
978-89-7381-119-9 (세트)

이 도서의 국립중앙도서관 출판시도서목록(CIP)은 서지정보유통지원시스템 홈페이지(http://seoji.nl.go.kr)와 국가자료공동목록시스템(http://www.nl.go.kr/kolisnet)에서 이용하실 수 있습니다.(CIP제어번호: CIP2015030129)

아가타 쥰세이는 나의 모든 것이었다. 그 눈동자도, 그 목소리도,
불현듯 고독의 그림자가 어리는 그 웃음진 얼굴도.
만약 어딘가에서 쥰세이가 죽는다면, 나는 아마 알 수 있으리라.
아무리 먼 곳이라도. 두 번 다시 만나는 일이 없어도…….

| Blu |

| 차례 |

1

Piedi Della Bambora

인형의 발

무서운 꿈을 꾸었다.

무서운 목소리에 쫓기는 꿈. 목소리는 웃음을 흘리고 있다. 목소리가 나의 행동 하나하나를 다 알고 있다는 것을, 꿈속의 나는 안다. 아무리 도망쳐도 목소리는 바로 등 뒤로 쫓아와, 목덜미에 숨이 닿을 듯한 느낌마저 든다. 당장이라도 어깨를 움켜쥘 것 같다. 나는 무서워서 돌아보지 못한다. 가슴을 뚫고 터져 나올 것처럼 쿵쾅거리는 맥박. 언제든 붙잡을 수 있는데, 목소리는 나를 붙잡지 않는다.

잠에서 깨어나, 한참이나 천장을 물끄러미 쳐다보았다. 방 안 가득 생식하고 있는 밤의 어둠. 옆에서 자고 있는 마빈의 고른 숨소리가 들린다.

소름 끼치는 꿈이다. 눈을 뜨고 있어도, 온몸 여기저기에 생생한 감촉이 남아 있다.

괜찮아. 나는 힘을 빼고, 두 손으로 얼굴을 덮는다. 발끝을 쭉 뻗어, 차가운 시트를 더듬어본다. 괜찮아. 그냥 꿈이었어.

침대에서 내려와, 빨간 구슬로 수가 놓인 차이니즈 슈즈에 두 발을 쑤셔 넣는다. 너무 작다고, 늘 마빈이 놀리는 발이다. 마치 인형 발 같다고 그런다. 도무지 살아 있는 인간의 발 같지 않다고. 하지만 마빈은 내 발을 좋아한다. 이 빨간 차이니즈 슈즈도 마빈이 선물해준 것이다.

차이니즈 슈즈는 발소리가 나지 않아 편리하다. 나는 침실에서 나와 부엌으로 가서, 검은 철제 파이프 의자에 앉는다. 부엌에 있으면 마음이 차분하게 가라앉는 것은 어째서일까. 모든 것이 자기 자리에 수납되어 있고, 반짝반짝 깨끗하게 닦여 있는 부엌. 일주일에 한 번, 파출부가 찾아와 유리창까지 닦아준다.

오븐의 디지털시계는 새벽 2시 8분을 가리키고 있다. 정적. 나는 고개를 숙이고, 내 발과, 대리석 바닥의 모양을 바라본다. 어린애 같은 단순함으로.

침대로 돌아가자 마빈이 깨어 있었다.

"아오이?"

어디 갔었어, 라고 졸린 목소리로 묻는다. 몸을 뒤척이며, 그 우람한 체구를 내 쪽으로 향한다.

"아니, 그냥."

나는 말하고, 마빈의 품속으로 들어간다. 따스한 장소.

"미안해요. 잠 깨웠나 봐. 목이 말라서 물 마시고 왔는데."

나는 마빈의 가슴에 코를 묻었다. 부드러운 잠옷의 감촉과 체온과 살 내음. 마빈은 벌써 잠들었고, 나는 움직일 수 없다. 이 분을 기다리고서 마빈의 팔에서 빠져나온다.

시끌시끌한 한낮의 카페, 이 거리에서 내가 싫어하는 것 중의 하나다. 사방에서 수다를 떠는 사람들, 쟁반에 담긴 조그만 과자, 활기차게 테이블 사이를 헤치고 다니는 웨이터, 담배 연기.

"엄마가 너 몹시 보고 싶어 하셔."

다니엘라가 말한다. 다갈색 눈동자, 구불구불 웨이브진 같은 색의 머리카락.

"그야 물론 아빠나 동생도 마찬가지지. 요즘 들어 통 안 오잖아."

"미안해. 안젤라 때문에 정신이 없어서."

나는 말하고, 조그만 잔에 담긴 커피를 마신다. 마빈이 비유하기를, '진흙탕처럼 진하고 쓰다'는 커피.

"거짓말."

그 커피에 설탕을 듬뿍 집어넣고 스푼으로 저으면서 다니엘라가 말했다.

"안젤라가 오기 전부터 그랬잖아."

아무렇지도 않은 척 가장하고 있어도, 마음이 상했다는 것을 알 수 있는 목소리다. 나는 대답하지 않는다. 다니엘라는 몸집도 크고, 다리도 길다. 무릎 아래 종아리는 특히 미끈하고 예쁘다. 얼굴도 풍만한 상반신에 어울리지 않을 정도로 갸름하다.

"안젤라, 언제까지 있는데?"

침묵을 견디다 못하고, 말투를 바꾸어 다니엘라가 물었다.

"글쎄."

나는 희미하게 웃는다.

안젤라는 마빈의 누나다. 이혼하고 한 달 전부터 밀라노에 있다. 마빈은, 그냥 바람이나 쐴 겸 여행하는 거겠지 뭐, 라지만 전혀 돌아갈 눈치가 아니다. 하기야 한 달 중에 절반 이상은 로마니 베네치아니 하고 돌아다닌 덕분에 집에는 없었지만.

"마빈에게 따져야지."

다니엘라가 말한다. 포동포동한 상반신과 격조 있는 분위기 때문에, 그녀는 실제 나이보다 젊어 보인다. 싱그럽다고 해도 좋을 정도다. 솔직한 성격과 상대방이 호감을 품지 않을 수 없는 웃는 얼굴도.

"왜?"

"왜냐구?"

다니엘라는 어이가 없다는 듯 고개를 빙 돌렸다가 테이블 위로 몸을 내민다. 금색 목걸이가 커피 잔에 빠질 것 같다.

"그냥 이대로 눌러 있으면 어떻게 하려구? 게다가, 지금 같아서는 바캉스 계획도 세울 수 없잖아."

나는 목을 움츠렸다. 나도 빌붙어 살기는 마찬가지이기 때문이다.

마빈과 함께 생활한 지 일 년이 약간 넘는다. 그는 가게에서 한눈에 내게 반해 몇 번이나 데이트 신청을 했다. 가게란 내가 일하고 있는 보석 가게다. 지금은 일주일에 세 번 파트타임으로 일하고 있지만, 그 무렵에는 풀타임이었다. 돈 많은 미국인. 처음에는 그런 인상뿐이었다. 막 샤워를 하고 나온 것처럼 늘 말쑥하고 향기로운 덩치 큰 남자.

"당신 의견은?"

몇 가지 물건을 보여주면, 마빈은 마지막에 반드시 그렇게 물었다. 서른여덟 살의 독신, 펜실베이니아 주 출신. 와인을 수입하는 일을 하고 있다(어렸을 때는 선생이 되고 싶었다지만)는 마빈은 논리적이고, 상대방의 눈을 똑바로 쳐다보고 얘기하고, 유머 감각이 풍부하다. 이탈리아 사람들에게는 없는 유의 유머라고 생각했다. 같이 식사라도 하자는데 계속 거절할 이유도 없었고, 실제로 데이트는 늘 즐거웠다. 마빈은 나를 안심시킨다. 나는 금방 '데조로(보물)'라 불리게 되었고, 그리고 같이 살기까지 얼마 걸리지 않았다.

"우리 엄마 실망시킬 거 아니지?"

다니엘라가 말한다.

"그럴 리가 있겠니. 조만간 놀러 갈게."

나는 대답하고 남은 커피를 다 마셨다.

밖은 화창하고 밝았다. 브레라에 쇼핑을 하러 간다는 다니엘라와 헤어져, 나는 도서관에 간다. 반납해야 할 책이 여덟 권, 차에 실려 있다.

아파트에 돌아오자 나는 욕조에 뜨거운 물을 받았다. 고풍스러운 외관과는 반대로, 온도를 완벽하게 조절할 수 있고 ― 솔직하게 말하면 완벽 이상이다. 여름에는 시원하고 겨울에는 따뜻하다 ―, 고전적인 가구가 차분하게 배치되어 있는 이 고급 아파트에서, 나는 욕실이 가장 마음에 든다. 다른 방에 비하면 너무도 간소하고, 창문을 열면 좁다란 베란다 너머로 버드나무 가로수가 나란한 뒷길이 보인다. 좁은 골목길인데, 양쪽으로 차가 빼곡하게 주차되어 있다.

해 질 녘이면 나는 목욕하기를 좋아한다. 공기에 아직 따스함이 남아 있는 시간. 일이 없는 수요일과 금요일에는 저녁 식사 준비를 할 때까지 거의 욕실에서 지낸다. 마빈이 심심하면 스포츠 센터에 가는 것처럼. 다만 스포츠 센터와 달리 욕실은 무미건조하다.

하얀 면 스웨터와 청바지를 입고 부엌에서 책을 읽고 있는데, 마빈이 돌아왔다.

"다녀왔어."

볼에 키스를 하며 말한다.

"또 공부하고 있는 거야?"

"공부 아니에요. 그냥 소설 읽는 거지."

나는 도서관에서 빌려온 책의 표지를 보여준다. 부엌에는 야채 수프 냄새가 가득하고, 나는 마빈이 만족하고 있다는 것을 안다.

다음 날은 목요일이라서 일이 끝난 후 시내로 영화를 보러 갔다. 오스트레일리아 영화였다. 마빈과 다니엘라, 다니엘라의 남자 친구인 루카까지 네 명이 함께 갔다. 목요일 밤에는 항상 영화를 본다.

극장은 관람객들로 몹시 붐볐지만, 다니엘라와 루카는 사람이 많은 편이 좋다고 한다. 텅 빈 썰렁한 극장은 쓸쓸해서 전혀 행복하지 않단다. 더구나, 같은 주말이라도 금요일에는 교외로 나가고 싶잖아, 라고 다니엘라가 말한다. 나나 마빈은 그 점은 이해하지 못한다. 여느 때와 같은 장소에서 느긋하게 지내는 것을 좋아하니까. 토요일, 마빈은 항상 스포츠 센터에 가고 나는 대낮까지 늦잠을 잔다.

아무튼 이곳 사람들 생각은 하나같이 다니엘라 같은 듯, 목요일 밤의 극장은 아주 화려하다(마빈과 나는 복잡한 로비에만 있어도 기가 죽고 만다).

노베첸토(20세기라는 뜻 — 옮긴이) 역시 예약 손님으로 가득했다. 이곳은 마빈이 좋아하는 가게라서, 미리 전화를 하면 창가의 테이블을 비워둔다. 웨이터들은 활기차고, 시끄러움이 오히려 식욕을 자극하는 흔치 않은 가게 중 하나다.

"그 여배우 굉장히 예쁘더라."

다니엘라가 말하자,

"라스트 신이 아주 묘하던데."

라고 루카가 말했다. 루카는 키가 크고 야위었다. 식사량은 아주 적은데, 와인은 늘 양껏 마신다. 레드와인은 몸에 좋다고 믿고 있는 것이다.

"낮에 안젤라 누나가 사무실로 전화를 걸었더군."

내 접시에 야채샐러드를 덜어주면서 마빈이 말한다.

"내일모레 돌아오겠대."

"그래요."

나는 싱긋 웃는다.

"로마, 어떻대요?"

"마음에 드는 모양이야. 테베레 강가를 매일 산책하고 있대."

눈앞에 아른거렸다. 잔머리 따위 아랑곳하지 않고 질끈 하나로 동여맨 머리 스타일에, 선글라스를 끼고 한 손에는 지도를 들고 걷는 안젤라. 복잡하게 몇 겹으로 겹쳐 입은 셔츠, 기념품 가게를 한 군데씩 들여다보는 모습.

"여긴, 어느 정도 있는대요?"

다니엘라가 물었다. 따지는 것은 아니지만, 의지가 담긴 목소리다. 그녀 나름의 정의감이리라.

"글쎄, 알 수가 있어야지."

마빈은 거리낌 없는 말투였다.

나는 창밖을 본다. 가로등 불빛을 받아, 가로수의 초록이 번져 보인다.

"지난번에 본 영화가 더 재미있었던 것 같기도 하고."

느닷없이 루카가 말했다.

"지난번이라니, 정신병원 나오는 거?"

다니엘라는 코를 찡그린다. 믿을 수 없다는 표정이다.

"아무래도 난 그 감독 영화, 별로 안 좋아하나 봐."

마음이 상한 말투였다. 루카는 피식 웃으며 다니엘라의 어깨를 껴안는다. 나는 포크로 샐러드를 떠 올린다.

집으로 돌아오자, 마빈은 욕조에 물을 받아주었다.

"소금은?"

"안 넣어요."

그리고 목욕물이 찰 때까지 내 목덜미를 주물러준다. 욕조 끝에 앉아서.

"이탈리아 말은 영 어렵단 말이야."

"아주 잘하고 있어요."

내 친구와 함께 있을 때의 마빈은 다소 말이 없다.

"다니엘라의 영어보다는 훨씬 나아요."

마빈은 손길을 멈추고 내 얼굴을 빤히 본다. 뜻밖이라는 표정.

"내가 그런 식으로 이탈리아 말을 한단 말이야? 문장이라기보다, 뭐랄까, 억양 하나 없는 단어의 나열 같은. 그런 식으로?"

나는 끝내 웃고 만다.

"물론 전혀 그렇지 않아요."

"Good."

마빈은 조그만 소리로 말하고, 다시 손을 움직인다.

마빈은 안마 솜씨가 아주 훌륭하다. 목에서 어깨, 등, 머리. 나는 마빈의 무릎에서 미끄러 떨어지지 않도록 조심하면서, 눈을 감고 꼼짝하지 않는다. 등 뒤로 콸콸 쏟아지는 물소리를 들으면서.

"아아, 시원하다."

황홀하게 말했다. 천천히 풀어진다. 더운 물 냄새, 김이 서리는 거울.

"안젤라 누나 일 미안해요. 다니엘라가 나쁜 마음이 있어서 그런 건 아니에요."

"알아."

마빈이 말한다. 마빈은 손이 커서, 내 이마를 완전히 감싸버린다. 관자놀이에 가해지는 기분 좋은 압력, 똑딱거리는 손목시계 소리.

"이제 그만, 고마워요."

나는 일어나 물을 잠갔다. 사방이 갑자기 조용해진다.

"같이 들어갈래요?"

어쩐지 그렇게 말하지 않으면 안 될 것 같은 기분이 들었지만, 속내는 그렇지 않았다. 마빈이 미소 짓는다.

"아니, 됐어. 혼자서 느긋하게 즐겨."

나는 다시 한 번, 조그만 소리로 고맙다고 말한다.

"천만에 말씀."

마빈이 말하고 내 이마에 키스를 한다.

모두들 — 마빈은 다르다. 마빈은 다르지만 그 외의 사람들은 — 나를 대하기 어려워한다. 나는 그것을 안다. 언제였던가, 다니엘라가 분명하게 말했다.

"아오이는 변했어."

겨울이었고, 우리는 트램(시가전차)을 타고 있었다. 군밤 주머니를 들고 있던 다니엘라의 검은 가죽 장갑이 기억난다.

"사람을 멀리하고 있어."

나는 창밖을 보고 있었다. 구름이 잔뜩 끼어, 당장이라도 비나 진눈깨비가 쏟아질 듯한 하늘 아래서, 트램은 토리노 거리를 덜컹덜컹 달리고 있었다.

"듣고 있는 거야?"

다니엘라는 여섯 살 때부터 친구다. 처음 다닌 초등학교에서 같은 반이었다.

"네가 일본으로 유학 간다고 할 때, 말렸어야 하는 건데."

매주 수요일 방과 후면, 같이 발레 레슨을 받으러 다녔다. 다니엘라의 연습 가방. 검정 레오타드, 콧잔등에 돋아 있는 주근깨. 그 후 나는 다른 초등학교로 전학을 갔지만, 다니엘라와는 내내 사이가 좋았다. 엄마들끼리 친했던 까닭도 있으리라. 서로의 집에 종종 자러 가기도 했다.

"사 년이나 떨어져 있었잖아."

트램의 흔들림에 맞추어 다리를 살짝 떨리고, 창밖을 바라보면서 나는 말했다.

"사 년이나 지나면, 누구든 조금은 변하지 않을까?"

다니엘라는 아무 대꾸도 하지 않았다.

옷을 벗고, 머리칼을 머리 위로 틀어 올리고, 나는 욕조에 몸을 담근다. 투명하고 따뜻한 물 아래서, 내 피부가 흔들흔들 흔들려 보인다.

보석 가게는 도시 한가운데서 약간 어귀진 곳에 있다. 산피오네 공원의 서쪽, 주택가의 한 모퉁이다. 아파트에서는 걸어서 십 분도 걸리지 않는다. 그 조그만 가게는 지나와 파올라라는 늙은 자매가 경영하고 있다. 하기야 요즘 들어 실무적인 것은 지나의 아들이 맡고 있어, 그 덕분에 가게 분위기도 다소 바뀌었다. 오리지널 보석을 팔기 시작한 것이다(이게 조금씩 인기를 모아, 그는 여름에 가게를 한 군데 더 늘릴 계획이다). 원래는 앤티크 보석 가게다. 지나와 파올라가 사들이는 앤티크는 정말 멋지다. 하나하나가 그 안에 담겨 있을 사연을 환기시킨다. 늙은 자매는, 액세서리는 사랑받은 여자의 인생을 상징한다고 했다. 나는 페데리카를 떠올린다.

가게 안쪽에 있는 공방에서는, 파올라의 손자인 알베르토가 일하고 있다. 알베르토는 섬세한 성격의 청년으로, 속이 비칠 듯 피부가 하얗다. 오리지널 보석이 성공한 것은 그의 감각과 기술 덕분이다.

나는, 이 보석 가게에서 일주일에 사흘 일한다. 밀라노에 돌아온 지 반년 후부터 시작했으니까, 벌써 삼 년이나 지났다. 나 자신은 액세서리를 하지 않지만, 딱 한 번 산 일은 있다. 파란 칠보와 조그만 진주가 어우러진 심플한 반지로, 나는 한눈에 마음에 들었다. 1920년대 물건인 듯했다. 잘 어울린다고 지나가 말해주었다.

당신은 할머니들하고 마음이 맞는 모양이야.

마빈이 그렇게 말하며 웃는다. 그런지도 모르겠다.

점심시간이 두 시간이라 대개는 아파트로 돌아가 먹고 온다. 마빈과 약속하여 같이 먹기도 한다. 공원에서 샌드위치를 먹는 일도 있다.

저녁 식사 후, 그릇을 헹구고 있는데 마빈이 내 머리칼에 얼굴을 묻었다. 나는 그렇게 뒤에서 껴안는 것은 별로 좋아하지 않는다. 안심해버릴 것 같아서. 마빈이 귓불을 깨물어 설거지를 제대로 할 수가 없다.

"얌전하게 있어줄래요."

내가 말하지만 마빈은 듣지 않는다.

"나중에 씻으면 되잖아."

우리는 침실로 간다.

전등의 종이갓은 마빈이 특별히 주문한 것이다. 방 전체로 부드러운 빛을 던지고 있다. 차분한 밝음. 마빈은 질서를 존중한다. 나는 마빈의 허벅지를 좋아한다. 보기 좋게 발달한 근육. 우리는 천천히 사랑을 나눈다. 마빈은 몇 번이나 부드럽게 내 발가락을 깨문다. 벌꿀을 핥는 곰처럼. 나는 눈을 감고, 해변의 모래가 된 듯한 기분에 젖는다.

헹군 접시들을 모두 식기세척기에 넣고 싱크대를 깨끗하게 닦고, 나는 의자에 앉는다. 오븐의 디지털시계는 오전 0시 59분을 가리키고 있다. 마빈과의 섹스는 행복하다. 충족되지 않을 이유가 하나도 없다.

토요일에는 한낮이 되도록 잤다.

눈을 뜨니 마빈은 이미 스포츠 센터에 간 후였다. 나는 커피를 마시고, 소파에다 쿠션을 쌓아놓고 기대어 책을 읽으며 지냈다.

5월의 밀라노는 굉장히 밝다. 다른 도시에 비해서 그렇다는 것이 아니고, 다른 달에 비해서 그렇다. 가을에서 겨울까지가 너무 길고, 언제든 날씨는 싸늘하고 찌뿌드드하다. 그런 날씨에 익숙해져 있는데, 불쑥 5월이 찾아오면 깜짝 놀랄 만큼 밝게 느껴진다. 엄마는 밀라노의 초여름을 좋아했다.

커다란 가방을 두 개 — 지갑과 수첩과 생수가 뒤죽박죽 들어 있는 숄더백 외에 — 들고 안젤라가 돌아온 것은, 햇살이 가물가물해진 오후였다.

"하이, 허니."

가방으로 문을 밀치면서 들어와 미소 짓는다. 몇 겹이나 겹쳐 입은 셔츠, 가슴께에는 선글라스.

"어서 오세요."

우리는 포옹하고 볼에 키스한다.

"마빈은?"

손님용 침실로 짐을 다 옮기고, 우리는 거실에서 차를 마셨다.

"스포츠 센터에 갔어요. 하다 만 일이 있어서, 그대로 사무실에 간다고 했어요."

"그래?"

"전화 걸어볼래요?"

안젤라는 아름답다. 너무 야윈 듯하지만, 힘이 넘치고 들사슴 같다.

"아니, 괜찮아. 고마워."

한쪽 다리를 접고 소파에 앉아, 편안하게 홍차를 마신다. 가느다란 다리를 감싸고 있는 쫄바지, 허리에 둘둘 감은 분홍색 스웨터.

"로마는 어땠어요?"

찻잔으로 시선을 떨군 안젤라가, 창문으로 비치는 저녁 햇살을 얼굴 반쪽으로 받으면서 나직하게 대답했다.

"멋있었어(Fabulous). 가본 적 있어?"

"네, 몇 번."

어릴 적 부모님을 따라 많은 곳을 여행했다.

"마지막으로 간 게 언제였지?"

안젤라의 눈동자가 마빈과 똑같다는 것을, 나는 처음으로 안다.

깊고 그윽한 갈색 눈동자.

"한 십 년 전쯤일 거예요. 고등학생일 대, 친한 친구들이랑."

안젤라가 고개를 끄덕였다.

"아마, 그때나 지금이나 변함없는 로마겠죠?"

내가 고개를 들자, 안젤라는 질문을 앞서가듯,

"시간의 흐름이 끔찍하도록 느리니까."

라고 말한다. 끔찍하도록, 을 힘주어 발음했다.

"정말 흥미로운 나라야."

그리고 우리는 잠자코 홍차를 마셨다. 아마도, 서로 전혀 다른 생각을 하면서.

여덟 시가 넘어서 마빈이 돌아왔다.

"왔어요, 누나. 재미있었던 모양이로군요."

이렇게 휴일에 출근해서, 하루 종일 일하고 온 날에도 마빈은 활기차게 보인다.

"다녀왔어, 아오이."

안젤라에게 한 것과는 아주 다른, 마음이 담긴 키스를 해준다

저녁을 간단하게 먹고, 셋이 바에 갔다. 안젤라가 그러고 싶어 했다. 나와 마빈은 좀처럼 그런 일이 없다.

"아니, 여긴 상아탑인 모양이지?"

눈썹을 치켜올리고 안젤라가 그렇게 말했다.

그다음 주에는 내내 비가 내렸다.

창문 너머로 비에 젖은 거리를 바라본다.

"손님이 없을 때는 책 읽어도 괜찮아."

요즘도 하루에 한 번은 가게에 얼굴을 내미는 파올라가 말했다. 비는 끝없이 내리고 있다. 빗발이 세찬 것은 아니지만, 공기에 섞여 내리면서 영원히 그칠 것 같지 않은 비, 마치 온 세계를 우리에 가두어 넣으려는 듯한 비다. 비는 나를 침묵하게 한다. 떠올리고 싶지 않은 일들만 떠오르게 한다.

오전 중에는 단골손님이 한 명 들렀을 뿐, 손님다운 손님은 오지 않았다.

"꽤 싸늘하네."

파올라가 말한다.

비 내리는 날에는 공방의 냄새가 평소보다 한층 짙게 느껴진다. 무슨 약품 냄새 같은, 막 하얗게 칠한 벽 같은, 싸늘하고 시원한

냄새.

"이렇게 날씨가 나쁘니까 기분이 우울하네. 지나도 영 저기압이야."

창밖으로 여인이 개를 데리고 지나간다. 개는 비옷을 입고 있었다. 일흔 살이 넘은 지나는 좀처럼 가게에 나오는 일이 없다.

"잘 계세요? 한참이나 뵙지 못했는데."

내가 묻자, 파올라는 웃었다.

"잘 있다마다. 매주 하루는 미장원에 갈 정도야."

비는 여전히 내리고 있다.

마빈의 훌륭한 점 한 가지, 절대로 약속 시간에 늦지 않는다는 것. 오늘도 가게 문을 닫는 일곱 시에 정확하게 가게 앞에다 재규어를 세웠다. 갑작스러운 약속이었는데도.

가게로 들어온 마빈은, 비와 신선한 바깥 내음을 품고 있었다.

"안 늦었나."

미소 띤 목소리로 말한다. 온화하고 명석한 마빈의 말투. 데리러 와달라고 낮에 사무실로 전화를 했다.

"미안해요, 이렇게 오게 해서."

조수석에 앉자, 나는 겸연쩍음에 그렇게 말했다. 걸어서 십 분 거리다.

"뭐가?"

마빈은 재미있다는 듯 말한다.

"그래서 내가 비를 좋아하는 건데."

마빈의 차는 키는 낮아도 널찍하다. 땅에서 가까운 느낌이 편안하다.

“우리 데조로는 비만 내리면 응석을 부리니까 말이지.”

잠시 드라이브 할까?, 라고 마빈이 물어, 나는 금방 고개를 끄덕였다. 비 내리는 밤의 드라이브는 내가 아주 좋아하는 것.

우리는 고속도로를 삼십 분 정도 달렸다. 앞 유리창으로 흘러내려 튀는 물방울.

“누님이 걱정하겠어요.”

상관없어, 라고 말하는 마빈의 목소리에 여전히 흔들림이 없어, 나는 불현듯 욕망에 사로잡힌다.

“마빈.”

와줘서 고마워요, 라고 나는 말했다.

“천만에.”

얌전하게 앉아 앞을 향한 채, 나는 내리는 비를 바라보는 척한다.

2

Maggio

5월

비는, 벌써 나흘째 계속 내리고 있다.

눈을 떴는데, 침실이 어두컴컴하고 물소리가 들리면 기운이 쭉 빠진다. 비는 좋아하지 않는다. 낮에 이렇게 방 안에서 책을 읽고 있는데도, 무릎 뒤에 닿는 소파의 질감은 물기를 머금고 있고, 페이지를 넘길 때도 눅눅한 종이 냄새가 난다. 도서관에서 빌린 책은 특히 그렇다. 긴츠부르그의 건조한 문체마저도.

부슬부슬 귀를 적시는 빗소리.

"내내 책만 읽고 있네."

오늘 아침, 안젤라가 그렇게 말했다. 아침이래 봐야 거의 점심때에 가까운 시간이었지만, 늦잠을 자고 막 일어난 안젤라는 어젯밤 화장도 지우지 않고 잤는지 눈 밑 여기저기에 마스카라가 눌어붙어 있었다.

"일본 문학?"

"아뇨."

나는 읽고 있던 페이지에 손가락을 끼고 책을 덮으면서, 들어 올려 보인다. 『LA CITTÀ E LA CASA』, 이탈리아의 현대 소설이다.

"마빈이 아오이 씨, 일본에 있는 대학에서 일본 문학 전공했다고 그러던데. 석사 학위까지 받았다고."

나는 어깨를 으쓱한다.

"그냥 훑었을 뿐이에요."

이번에는 안젤라가 어깨를 으쓱한다. 안젤라는 토론을 좋아한다. 그림과 조각, 문학과 연극, 건축에 관해서 읽고, 때로는 그 장소를 직접 찾아가보고, 그에 관해 얘기하기를 좋아한다.

"차, 끓일까요?"

내가 묻자, 안젤라는 고개를 저었다.

"괜찮아. 아침에는 별로 먹고 싶지 않으니까."

방 안은 바깥처럼 어둡고, 모든 것이 물소리에 갇혀 있다. 그래서 우리는 유난히 정직해져 있었다. 안젤라에게는 정체 모를 동양 여자 — 남동생의 여자 친구 — 일 나 자신을 생각했다.

"실은 마빈이 다른 얘기도 해줬어. 비 오는 날에는 아오이 씨, 우울해한다고."

마빈의 말대로다.

"미안, 독서를 중단하게 했나 보네. 책 읽어요."

안젤라가 그렇게 말해서, 나는 다시 책을 읽기 시작했다.

시계를 보자 네 시였다. 마빈과의 약속 시간은 일곱 시다. 나는 책을 덮고, 욕조에 물을 받는다. 저녁나절의 목욕은, 내가 반듯한 사회인이 아니라는 것을 새삼 알게 해주어 좋다. 지금의 자신에게 어울리는 행위인 듯한 기분이다.

목욕을 끝내고 레코드를 들으며 외출 준비를 했다. 라벨. 어린아이를 주인공으로 한 오페라다. 마빈은 디지털 음이 아닌 레코드 음을 좋아한다.

엷은 회색 속옷에 살짝 향수를 뿌리고, 풍성한 검정 정장에 엷은 아쿠아색 블라우스를 받쳐 입었다. 브러시로 머리를 빗고, 굽이 굵은 단정한 구두를 신는다. 열어둔 창문에서 물기를 머금은 차가운 공기가 흘러들어온다.

차갑고 눅눅한 밀라노의 공기. 어린 시절부터 잘 알고 있는, 친숙한 안개와 안개비 내음. 이미 폐 속에 녹아 있는.

캔맥주를 마신다. 베란다에 나가자 회색으로 번진 좁은 거리가 보이고, 양쪽으로 빽빽하게 서 있는 수많은 차가 비에 젖어 조용히 빛나고 있다.

마빈은 약속 시간에 정확하게 돌아왔다.

"Perfect!"

나를 보자마자 싱글싱글 웃으며 말한다.

"굉장히 아름다워."

우리는 중앙역 옆에 있는 호텔로 손님을 픽업하러 갔다.

"당신이 선물하는 걸로 해줘."

뒷좌석에 놓인 상자를 가리키며 마빈이 말한다. 아마 또 와인 잔이겠지.

"알았어요."

이렇게 마빈의 접대에 동행하는 것은 흔히 있는 일이다. 호텔에 도착할 때까지 차 안에서 나는 오늘 접대할 손님의 이름과 회사명, 가족 구성 등등을 기억한다.

집에 돌아오니 열두 시가 넘어 있었다. 안젤라가 거실에서 텔레비전을 보고 있다가, 우리가 돌아오자 방으로 들어갔다.

"마빈."

나는 샤워를 하고, 허리에 목욕 타월만 두른 차림으로 컴퓨터를 만지고 있는 마빈의 등에다 말했다.

왜, 라고 대답은 하면서 돌아보지 않는다. 나는 잠자코 기다리기로 했다. 비는 여전히 내리고 있다.

"불렀나?"

이 분이나 기다리게 해놓고서야 마빈이 돌아본다. 돌연변이를 일으킨 바다거북 같은 가슴팍.

"그래요."

"뭔데?"

컴퓨터를 끄고 침대로 미끄러져 들어온다.

"페데리카 얘기했던 거, 기억하고 있어요?"

"물론이지."

나는 침대에서 나와, 서랍장에서 마빈의 잠옷을 꺼내 왔다.

"어릴 적에 당신을 귀여워해주었다는 할머니잖아?"

마빈이 잠옷에 팔을 끼면서 말한다.

"그래요. 이번 주말에, 오랜만에 뵈러 다녀올까 하는데."

"좋지."

다시 침대를 삐걱거리며 잠옷 차림의 다빈이 옆에 눕는다. 향긋한 비누 냄새.

"그런데, 이번에는 나 소개시켜주는 거야?"

이전부터 마빈이 한번 만나고 싶다고 했다. 페데리카도 마빈을 만나고 싶어 한다.

"아뇨."

내가 말했다.

"주말에 당신은 안젤라 누님하고 외출하는 게 어떨까 싶은데. 가끔은 둘이서 나갈 필요도 있잖아요."

마빈은 씁쓸하게 웃는다.

"아주 그럴싸한 이유를 생각했군."

이런 때 마빈은 절대로 마음 상한 표정을 짓지 않는다.

"하지만 좋아. 당신이 그러라니까, 누나에게 물어보지."

"물어보는 게 아니고, 그러자고 해요."

나는 마빈의 자상함을 이용하고 있다.

"알았어. 그렇게 할게."

마빈은 나를 등 뒤에서 껴안고, 목덜미에 얼굴을 묻는다. 나는 등으로 마빈의 가슴을, 무릎 뒤로는 마빈의 무릎을 느낀다. 그리고 마빈이 잠들 때까지, 그 자세로 꼼짝하지 않는다.

나는 좀처럼 잠이 오지 않았다. 빗소리가 귀를 때린다. 옛날, 잠들지 못하는 밤이면 엄마가 수를 헤아리는 노래를 불러주었다. 한없이 한없이 긴 노래.

> 하나, 하면 하룻밤 새면 시끌시끌하고 시끌시끌하고 집 안을 꾸미고 소나무 장식 소나무 장식.
>
> 둘, 하면 어린 솔잎은 색도 고와서 색도 고와서…….

일본에서 대학을 다닐 때, 이 노래를 끝까지 알고 있는 학생은 결국 한 명도 만나지 못했다. 뭐, 그런 건지도 모르겠다.

"좋은 노랜데. 끝까지 가르쳐줄래."

그런 식으로 말한 것도, 미국에서 건너온 쥰세이뿐이었다. 쥰세이는 대신, 중국인 가정부에게서 배웠다는 애절한 노래를 가르쳐주었다. 목소리가 예뻤다.

나는 일어나, 잠든 마빈의 얼굴을 물끄러미 쳐다보았다. 단단한 턱, 짧게 돋아 있는 수염, 긴 속눈썹, 나를 좋아한다고 말하는 마빈, 지금, 내 눈앞에 있고, 나를 꼭 껴안아주는 마빈. 잠자는 마빈의 몸에 다리를 휘감고, 움푹한 어깨에 얼굴을 부빈다. 마빈의 체온, 마빈의 냄새. 마빈은 사람의 마음속까지 파헤치고 들어오거나 모든 것을 알려 들지 않는다. 혼자서 점점 상처받아 흥분한 두더지처럼 몸을 사리지도 않는다. 이 세상이 다 끝난 것처럼 슬픈 얼굴로 내게 말없는 비난을 하지도 않는다.

비는 내게 도쿄를 생각나게 한다.

눈을 떠보니 마빈의 팔 안에 있었다. 비는 그쳤다. 창문을 열자 투명한 공기가 오랜만에 빛의 입자를 머금고 있었다.

아침을 먹고, 한 시간 정도 일찍 아파트를 나섰다. 산타 마리아 델레 그라치에 성당의 중정은 밀라노에서 내가 가장 좋아하는 장소다. 네 그루 백목련과 네 마리 개구리가 분수를 에워싸고 있다. 기하학적으로 배치된 녹음.

회랑 돌담에 걸터앉아 소설을 마저 읽었다. 모두가 조금씩 불행해져 가는 이야기.

마빈의 아파트가 이 성당 옆이라는 것을 알았을 때는 기뻤다. 매일 산책할 수 있겠다고 생각했다. 마빈은 성당을 좋아하지 않으니, 그것도 잘됐다 싶었다. 혼자가 되기 위해 오는 장소. 돌담은 어제까지 내린 비를 머금어 싸늘하고 축축했다. 하지만, 5월의 태양에 이끌려 거리로 나온 성급한 관광객들은 짧은 바지에 선글라스를 낀 모습으로 어슬렁거리고 있다. 입장이 제한되어 있는 수도원의 식당 — 최후의 만찬이 있는 곳 — 입구에는 벌써 긴 줄이 생겼을 것이다. 나는 책을 덮고 쿠폴라를 올려다본다. 투명한 하늘빛을 배경으로, 하얀 회벽과 거뭇거뭇한 벽돌이 빛을 받아 눈부셨다.

이른 봄날의 동물원 속 동물 같다. 즐겁고 조금은 쓸쓸하다. 지나와 파올라의 가게는 마음에 들고, 점원이란 것도 적성에 맞는다. 사무적인 면에서는 꼼꼼하지만, 정에 얽매이지 않는 성격이므로. 사랑받은 여자의 인생을 상징한다는 보석에 매료되어 시작한 일이었다.

지금도 보석을 좋아한다. 특히 앤티크 보석을.

가게 문을 열고 유리창을 닦는다. 계산대에 잔돈을 집어넣는다. 늘 보는 얼굴들이 늘 보는 버스를 타고 가는 것을 창문 너머로 보고, 라디오를 켜 일기예보를 듣는다. 새로 들어온 물건이 있으면 장부에 기록하고 쇼케이스에 진열한다.

"일이란 그런 게 아닐까."

언제였던가, 마빈은 그렇게 말했다.

"지나친 열의나 이상(理想)은 일의 질을 떨어뜨리는데, 아오이는 너무 진지하단 말이야. 봄날의 동물원이 왜 나쁜 건지, 나는 전혀 모르겠어. 사랑스럽잖아."

물론 마빈의 말이 옳다. 경제적인 이유 때문에 일하는 것도 아니다.

나는 라디오의 볼륨을 줄이고, 세일 안내장을 보낼 사람들의 주소와 이름을 적는다. 벨이 울리고, 오늘의 첫 손님을 위해 문을 열었다.

토요일은 여름 같은 날씨였다.

페데리카가 사는 케프렐로 거리 주변은 조용하지만 휑하고, 시간에 뒤처져 있는 듯한 주택가다. 한산한 빵집과 세탁소를 지나 일방통행로에서 오른쪽으로 꺾으면 그 왼쪽에 사 층짜리 모래색 벽의 아파트가 서 있다. 차창을 활짝 열고, 얼빠진 듯 환한 햇빛 속을 천천히 달린다. 길가에 말라빠진 검정개가 누워 있었다.

앞뜰에는 등나무 꽃이 한창이었다. 포도처럼 주렁주렁 매달려 있는, 뽀얗고 엷은 보라색. 등나무 아래는 색깔이 선명한 베고니아 화분이 몇 개 놓여 있다.

옛날에 여기서 살았었다. 젊었던 엄마 아빠와, 현관을 일본의 전통 인형과 종이풍선으로 장식하고.

건물 안으로 한 걸음 들어서자 온도가 3도 정도는 내려간 듯한 느낌이다. 그늘 같은, 땅속 같은, 막 수확한 채소 같은 독특한 냄새. 튼튼한 이중문이 달려 있고, 오르락내리락할 때마다 뭔가 부서지는 것은 아닐까 걱정스러울 만큼 커다란 소리를 내는 느림보 엘리베이터.

페데리카는 작년 크리스마스 이후 처음 만나는 것이다.

금속 문을 열자 동시에 말린 과일 냄새가 흘러나온다. 벽 한가득 매달아둔 레몬과 오렌지 껍질, 시나몬, 말린 정향나무 꽃.

"Buòn giórno(안녕)."

페데리카의 포옹은 가벼운데도, 그녀의 손바닥이 닿은 곳에는 신기하리만큼 그 감촉이 오래 남아 있다.

"Buòn giórno."

나는 금방 열 살짜리 어린애가 되고 만다.

페데리카는 언제든 내 편이었다.

첫 기억은 디딤돌과 겨울나무들. 엄마의 손을 잡고 있었다. 구름

낀 추운 날의 풍경, 엄마의 트위드 코트. 초등학교, 다니엘라, 발레 레슨. 동양인이 아직 드물던 때였다.

"어머니는 건강하시니?"

레모네이드를 따라주면서 말한다.

"네, 아마 그럴 거예요."

엄마와 아빠는 지금 영국에 있다. 회사가 정한 부임지.

"아마라니, 너도 참 너무하구나."

페데리카는 피식 웃으며 내 팔을 톡톡 쳤다. 듬직하고 골격이 큰 손, 긴 손가락. 세월을 헤치고, 매끄럽게 마르고 주름진 피부.

오븐으로 구운 채소와 파스타로 점심을 먹은 후, 우리는 거실 의자에 앉았다. 하얀 천을 덮어놓은 2인용 딱딱한 의자. 페데리카는 담배를 한 대 천천히 피운다.

"건강하게 보이니 다행이로구나, 머리가 많이 자랐어."

"Sì(네)."

이 거실 창문은 늘 기억하고 있다. 베란다에서 보이는 풍경도, 커튼의 모양도.

"너 돌아왔을 때는, 머리가 너무 짧아서 남자애 같았는데."

페데리카는 어렴풋이 미소 짓는다.

"그 스타일도 나쁘지는 않았지만."

이 집은 변함없다. 몇 번이고 빨아 낡은 레이스 테이블클로스, 선반에 세워둔 잡지, 페데리카가 피우는 담배의 달큰한 내음.

"미국 남자랑은 잘돼가니?"

네, 라고 나는 짧게 대답한다. 화분 둘레로 조그만 벌레가 기어가고 있다.

페데리카는, 잘됐구나, 라고 말했지만 그 말은 공중에 매달린 채, 우리는 잠시 입을 다물었다. 창문으로 살랑살랑 바람이 불어온다.

도쿄에서 있었던 일을, 그 나날들의 신비로운 흥분과 열기를 페데리카는 알고 있다. 내가 써 보낸 무수한 편지, 꼭꼭 채워 넣은 기억. 다니엘라와 마빈은 모르는 나의 사 년간.

"마빈은 할머니를 굉장히 만나고 싶어 해요. 안부 전해달라고 몇 번이나 당부했어요."

"고맙구나."

페데리카는 키가 크고, 허리둘레만큼은 박력이 있지만 다른 부분은 야위었다. 거의 늘 무릎까지 오는 치마를 입고 굽 높이가 적당한 구두를 신고, 남편이 선물했다는 묘안석 반지를 한시도 빼놓지 않는다. 그 녹아 흐를 듯 색이 깊은 커다란 돌은, 마치 페데리카의 손의 일부처럼 보인다. 그 반지를 동경했다.

"언제 소개해줄 건데?"

언젠가는, 이라고 대답하고 나는 자리에서 일어난다.

"멋진 점심, 고마웠어요. 정말 맛있었어요."

"나야말로 와인, 고마웠다. 가끔은 얼굴이라도 보여주려무나. 행운을 빌게."

귓전에서 조그맣게 키스 소리가 울린다. 순간적으로 닿은 페데리카의 볼이 차갑다. 문이 닫히자 복도는 어두웠고, 굉음이 울리는 엘리베이터를 타고 나는 다시 맑게 갠 한낮의 햇살 속으로 나갔다.

그다음 주, 나는 스물일곱 살이 되었다.

마빈과 안젤라, 다니엘라와 루카가 축하해주었다. 피체리아에 몰려가 식사를 하고, 그다음 집에서 술을 마셨다. 루카가 주특기인 하모니카를 연주해주었다.

언제부터인가 생일은 행복한 날도 특별한 날도 아니다. 언제부터일까. 여느 때와 다름없는 평범한 하루다. 나이 따위 기호에 지나지 않는다.

"5월은 아름다운 달이야."

브랜디 칵테일을 마시면서 안젤라가 말했다.

"아오이에게 잘 어울려."

"고마워요."

나는 말하고, 커다란 잔에 담긴 빨간 와인을 흔든다. 마빈은 소파의 팔걸이에 엉덩이를 반쯤 걸치고 내 어깨를 안고 있다. 나는, 이런 식으로 마빈의 가슴에 안기면 편안하다. 청결하고 마음 놓이는 살 냄새.

낮에는 마빈과 산책을 하고, 라 펠라에서 선물을 같이 골랐다. 집 안에서 입을 옷과 속옷을 두 벌씩, 우유색과 살구색이다. 아오이에게는 검은색도 어울릴 텐데, 라고 마빈은 말하지만, 나는 도저히 검정 속옷을 입을 마음이 일지 않는다. 매끄러운 감촉의 실크를 만지작거리면서, 마빈은 아쉽다는 표정이었다.

마빈은 정말 완벽하다.

집에 놀러 올 때마다 다니엘라는 눈을 반짝이며 그렇게 말한다(나는 그럴 때마다, 아무렴, 이라고 대답한다).

그날 밤에는 늦게까지 픽셔너리를 하며 놀았다. 픽셔너리는 그림을 그려서 단어를 맞추는 미국식 게임. 뜻밖에도 루카가 이겼다. 다들 한껏 마시고, 한껏 웃었다. 한 문제를 맞출 때마다 다니엘라와 루카는 키스를 나눈다.

친구가 있는 밤을 좋아한다. 시끌시끌하고 행복하다.

"만나고 싶다."

욕조에 걸터앉아, 내 목덜미를 주무르면서 마빈이 말했다. 새벽 두 시의 욕실은 밤과 뜨거운 물 냄새.

"누구를?"

와인이 몇 잔이나 온몸을 내달리고 있는 듯한 기분이 들어, 나는 양손을 흔들흔들 흔들어본다. 꼬르륵꼬르륵 소리가 나지 않는 것이 이상하다.

"스물여섯 살의 아오이를."

마빈은 정수리에 입을 맞추고 말한다.

"사랑했어, 아주."

마빈의 두 손이 어깨에서 가슴으로 내려온다. 귓전에서 속삭여, 나는 몸을 틀고 마빈의 입술을 찾는다. 탄탄하게 근육이 발달한 허벅지에서 무릎으로 손을 미끄러뜨린다.

물을 잠그고, 우리는 그대로 침실에 가 사랑을 나누었다.

평소처럼 일찍 일어나 샤워를 하고서 말쑥한 양복 차림으로 일하러 나가는 마빈을 배웅하고, 나는 다시 침대로 들어갔다. 마빈의 베개에 얼굴을 묻는다. 정말 날들이 쉼 없이 흘러간다.

도서관에 들렀다가 가게로 갔다. 알베르토가 새로운 시리즈의 샘플 — 가느다란 은 끈으로 커다란 얼음사탕 같은 천연석을 둘둘 묶은 디자인이다 — 을 몇 가지 보여주었다. 장미 석영과 비취, 수정, 여름다운 반투명한 돌들.

나는 공방에서 일하는 알베르토의 모습을 좋아한다. 큼직한 작업대, 은색과 녹슨 쇠 같은 색의 다양한 도구, 버너의 불꽃. 작업대 위에는 세 종류의 액체가 들어 있는 유리병 — 투명한 것은 물, 분홍색은 알코올, 반딧불이를 녹인 듯한 엷은 연두색 액체는 용접을 촉진하는 용제. 알베르토가 가르쳐주었다 — 이 놓여 있다. 라디오에서 낮게 흐르는 가요곡, 작업에 몰두하고 있는 알베르토의 의지에 찬 옆얼굴.

같은 표정으로 스케치북을 향하는 사람을 알았었다. 아오이. 부드러운 목소리로 나를 불렀다. 벌써 몇 년 전, 먼 장소에서의 일이다.

오후, 오닉스 반지가 하나 팔렸다.

일이 끝난 다음 슈퍼마켓에 들렀다. 로마 쌀과 골리아(Golia)를 산다. 골리아는 마빈이 좋아하는 리코리스 사탕으로 그의 생활 필수품이다. 저녁 시간의 슈퍼마켓은 싫다. 살 것만 사고 서둘러 집으로 돌아간다.

저녁 식사 후, 마빈과 안젤라가 말다툼을 했다. 아니, 안젤라가 거의 일방적으로 화를 낸 것이지만, 제길, 하고 마빈이 갑자기 내뱉듯 말해 놀랐다. 나는 아직, 한 번도 마빈과 다툰 일이 없다.

안젤라는, 마빈이 자기를 방해꾼처럼 여기고 있다고 말했다. 마빈이 몇 번이나 부정하는데도 그렇게 말했다. 이제 그만 좀 해. 마빈은 분노에 얼굴을 비튼 채 말하고는, 마시다 만 커피 잔을 테이블에 그대로 남겨두고 침실로 들어가버렸다.

"거들게."

내가 그릇을 헹구고 있는데, 코가 빨개진 안젤라가 다가와 말했다.

"괜찮아요, 금방 끝나니까."

"하게 해줘."

부탁이야, 라고 말하기에 나는 한 걸음 옆으로 비켜 안젤라가 설 자리를 마련했다. 안젤라가 헹군 그릇을 내가 받아 식기세척기에 집어넣는다.

"방해꾼이라고 생각하지 않는다는 말은 기어코 안 하네."

안젤라가 말했다.

"그럴 리가 있나요."

안젤라는 내 얼굴을 보고, 그리고 슬며시 웃는다. 뒤로 꽉 묶은 갈색 머리, 아무렇게나 삐져나와 있는 잔머리, 앤디 워홀의 고양이가 프린트된 티셔츠.

"알고 있잖아요?"

안젤라는 대답하지 않았다.

"마빈의 어디가 좋은데?"

대신 그렇게 묻는다.

"올바른 것."

나는 잠시 생각하고서 그렇게 대답했다.

"올바른 것?"

"네. 그리고 허벅지."

안젤라는 또 내 얼굴을 본다.

"허벅지?"

나는 고개를 끄덕였다.

"굉장히 멋져요."

"정말?"

그럼 다음에 잘 봐두어야겠네. 안젤라는 심각한 표정으로 그렇게 말했다.

샤워를 하고, 어제 선물 받은 포근한 실내복 — 입으면 사르륵 피부에 녹아든다 — 을 입고 침대에 앉아, 잠든 마빈의 얼굴을 보면서 마빈에 대해 생각했다.

나는 이 사람의 어디를 좋아하는 것일까.

올바른 것. 물론 그렇다. 마빈은 공정하고 명석하다.

허벅지. 이건 절대적이다. 마빈의 허벅지는 정말 아름답다.

기지.

관대함.

차분한 말투.

그리고…….

문득 정신을 차리니 나는 마빈의 머리칼을 손가락으로 빗어 내리고 있었다. 그렇게 땀이 돋은 마빈의 이마를 만지면서, 하나라도 더 많이 생각해내려 했다. 하나라도 더 많이 세어, 무엇인가를 정당화하려는 것이리라.

듬직한 체구. 얼굴에 얼굴을 갖다 대고 숨소리에 귀 기울인다. 나는, 잠든 마빈의 몸에 팔을 둘렀다. 그리고 살며시 껴안는다.

5월 마지막 토요일에 다니엘라를 만났다.

"그럼 안젤라는 지금 파리에 있다는 말이지?"

구름진 하늘 아래, 우리는 산바빌라 광장 근처 카페에서 커피를 마시면서 과일 젤리를 먹고 있었다.

"응."

"그 말다툼 때문에?"

이곳은 다니엘라가 좋아하는 카페다. 옥외인데도 테이블도 의자도 차분한 색상에 고전적이다.

"아닐 거야. 그녀는 원래 여행을 좋아하는 데다, '파리를 아주 좋아한다'고 했으니까."

"'파리를 아주 좋아한다'."

다니엘라가 영어로 흉내 내었다.

"한 일주일 정도 있다 돌아오겠다고는 했는데."

어제 아침, 공항까지 데려다주겠다는 마빈을 뿌리치고, 리무진 버스가 출발하는 중앙역으로 택시를 타고 간 안젤라의 뒷모습을 떠올린다. 안젤라는 비유하자면 야생 담비 같다.

"그래서, 대체 밀라노에는 얼마나 있을 작정인 걸까?"

엄마와 똑같은 말투로 다니엘라가 말한다. 고등학생 시절부터 일란성 모녀라 불렸다. 조그만 찻잔에 각설탕을 두 개나 넣고, 스푼으로 휘휘 저으면서.

"좀 쌀쌀하네."

하늘을 올려다보며 내가 말했다.

"얼마 전까지만 해도 여름처럼 더웠는데."

오렌지 젤리를 한 개 입에 넣는다.

"아직 5월인걸, 뭐."

다니엘라는 말하고, 달콤하고 미적지근한(아마도) 커피를 홀짝거렸다.

알고 있다. 다니엘라는 나를 심술궂다고 생각하고 있다. 심술궂어졌다고. 아니면 말이 없어졌다고. 아니면 대하기가 어려워졌다고.

물론 그것은 사실이 아니다. 나는 아주 조금 조심스러워졌을 뿐이다. 아주 조금 조심스럽게, 그리고 아마도 게으르게.

그래서 뭐가 안 된다는 건지 모르겠군.

마빈이라면 아마도 그렇게 말할 것이다.

"뭐 할 일 있어?"

또 비가 내릴 것 같다고 생각하면서 나는 다니엘라의 손가락 끝을 보고 물었다. 단정하게 손질된 달걀형 손톱. 바람에 나무들이 가지째 일제히 흔들린다. 불온한 소리, 물기를 머금은 공기의 냄새.

"호스트에나 들를까 하는데."

"루카 씨 것 사려고?"

호스트는 남성용 옷가게다. 다니엘라는 고개를 젓는다.

"아빠 것. 내달이면 예순둘이야."

나는 풍채가 좋고 상냥한 다니엘라의 아버지를 떠올렸다.

"건강하시니?"

"그야 물론."

다니엘라는 웃는다. 고등학생 때, 곧잘 차를 가지고 학교로 데리러 와주었다. 먼저 다니엘라를 태우고, 인터내셔널 스쿨까지 와서 나를 태우고는 그대로 어딘가로 놀러 가곤 했었다.

"그럼 나도 마빈에게 폴로셔츠나 사줄까."

계산을 치르고 우리는 카페를 나온다. 옅은 먹물을 뿌린 듯한 바람이 흐르는 밀라노의 거리.

마빈은 스위스로 바캉스를 가자고 했다

3

Una Vita Tranquilla

조용한 생활

밤비나, 밤비나.

라디오에서 토니 달라라의 달짝지근한 노랫소리가 흐르고 있다. 찔레꽃이 활짝 핀 정원, 노란 금작화. 선글라스 너머로 오랜만에 맑게 갠 아침의 도로를 바라보면서, 나는 가볍게 액셀을 밟는다. 초여름 바람이 창문으로 흘러들어온다.

— 뜻밖인데.

내가 운전하는 차에 처음 탔을 때, 마빈은 눈썹을 치켜올리며 말했다.

— 아오이가 이렇게 스피드를 내다니.

저녁이었고, 우리는 고속도로를 달리고 있었다. 밀라노의 고속도로에서 제한 속도를 지켰다가는, 당장에 교통 방해다.

— 당신은 내가 동양에 대해 품고 있던 이미지를 보란 듯이 깨뜨

려주고 있어.

마빈은 아무것도 알지 못했다. 이 도시에 대해서도. 나에 대해서도.

도서관 주차장에 차를 세우고 책 다섯 권을 돌려준다. 석조 건물의 싸늘한 조용함과 높은 천장. 치과 병원과 발레 교실, 그리고 도서관이 내가 이 도시에서 제일 먼저 친해진 장소다.

"재밌었어요?"

카운터 너머에서 늘 보는 사서가 물어, 나는 짧게 대답했다.

"Sì."

— 책은 좋아하면서, 정작 사지는 않는단 말이야, 아오이는.

마빈은 종종 이상스럽게 여긴다.

— 읽고 싶을 뿐이지, 갖고 싶은 건 아니거든요.

하기야, 맞는 말이군, 이라며 마빈은 미소 짓는다. 상냥하게, 사려 깊게.

한때는 책꽂이에 마음에 드는 책을 쭉 꽂아둔 적도 있다. 케프렐로 거리의 아파트, 조그만 아이 방 책꽂이에는 파종과 린드그렌, 일본의 옛날이야기와 그림 동화와 칼비노가 꽂혀 있었고, 얼마 후에는, 모라비아와 다부치, 모리마리(森茉莉 현대 여류 소설가)와 『겐지(源氏) 이야기』가 더해졌다. 세조에 있는 아파트 책꽂이는 『산가집(山家集)』과 『신고금화가집(新古今和歌集)』, 『우게츠(雨月) 이야기』와 『우지슈이(宇治拾遺) 이야기』, 다니자키(谷崎)와 소세키(漱石)로 꽉 차 있었다.

— 소유는 가장 악질적인 속박인걸요.

내가 말하자 마빈은 보일락 말락 어깨를 으쓱 올린다. 부정도 긍정도 하지 않고, 메이비, 라고 중얼거린다.

"안녕하세요."

가게 뒤쪽에서 차에서 내리다 알베르토를 만났다.

"안녕하세요. 좋은 아침이네요."

알베르토는 정말이지 이탈리아인답지 않은 꼼꼼함과 부지런함으로, 매일 아침 일찍 공방에 나온다. 그리고 공작에 열중하는 어린애 같은 단순함으로 묵묵히 일한다. 하루 종일 작업대 앞에 앉아서, 골동품 라디오로 가요곡을 들으면서.

"투르말린색 아침입니다."

노래하듯 알베르토가 말한다. 투명하고 하얀 피부, 깊은 갈색 눈동자로 하늘을 올려다보며.

알베르토의 성실함은 때로 나를 숨 막히게 한다.

가게 문을 열고, 유리창을 닦는다. 계산대에 잔돈을 집어넣는다. 늘 보는 얼굴들이 늘 보는 버스를 타고 가는 것을 창문 너머로 보고, 라디오를 켜 일기예보를 듣는다. 커피를 마신다. 첫 손님은 좀처럼 오지 않는다.

오전에 마빈에게서 전화가 걸려왔다.

"우리 데조로가 잘 있나 해서."

조용한 생활. 온화하고, 부족함도 과함도 없는, 아주 순조롭게 흘러가는 나날.

"일 끝나는 시간에 데리러 갈까?"

마빈은 가능한 한 별일 아니라는 듯 말한다.

"왜요?"

라고 묻자,

"그냥."

이라고 대답한다.

"오늘은 나도 차를 가지고 왔는데."

"아아, 그렇다면 됐고. 도서관에 들렀더?"

네, 라고 대답하고, 나는 옆에 있는 데모지에 낙서를 한다. 버찌 세 개. 모두 가지가 둘로 갈라져 있고, 그중 한 가지 끝에는 잎이 달려 있다.

아마도 마빈은 새벽녘에 깨어 있었던 것이리라. 나의 일거수일투족, 긴장된 숨과, 이어지는 길고 떨리는 불안한 한숨. 모든 것을 등으로 듣고 있었으리라.

"일찍 돌아올 수 있어요?"

애써 명랑한 목소리로 말한다.

"아오이가 그러길 바란다면."

마빈은 웃으며 말을 받았다.

오늘 아침, 무서운 꿈을 꾸었다. 목소리에 조롱당하는 꿈. 늘 여자의 목소리, 장소는 알 수 없다. 아마 도쿄 어디겠지. 어째서 도쿄라고 생각하는지는 설명할 수 없지만, 그냥 분위기 같은 것. 평탄하고 폐쇄적이고, 무겁고 답답한 것. 꿈속에서 나는 파란 토트백을 들고 있다. 내가 평소에 사용하는 것이다. 그 토트백을 들고 걷고 있다.

목소리가 너무 크게 웃어서, 나는 불현듯 알아차리고 만다. 토트백 속에 들어 있는 것이 무엇인지. 그것은 수많은 반지인데, 어찌된 일인지 손째 들어 있다. 엄마의 에메랄드 반지는 핏줄이 비쳐 보이는 엄마의 하얀 손과, 페데리카의 묘안석 반지는 울퉁불퉁하고 긴 페데리카의 손과.

나는 그 자리에 우뚝 선다. 어서 빨리 핸드백을 놓아버리고 싶은데, 던져버릴 수도 없어서 그냥 갖고 있다. 손도 손가락도 얼어붙은 것처럼, 어째야 좋을지 나는 갈피를 잡지 못한다.

눈을 뜨고, 나는 한동안 천장을 올려다보았다. 천장을 보면서, 온몸에서 공포가 물러나기를 잠자코 기다렸다. 숨을 죽이고. 온몸에 잔뜩 힘을 주고. 잠에서 깨어나도, 꿈의 감촉은 온 사방에 남아 있다. 어둠의 틈새마다, 그 목소리가 숨어 있다. 눈에 보이지 않으니 더욱 짙게 느껴진다.

나는 두 손으로 얼굴을 덮는다. 일, 이, 삼 초간. 그리고 가늘고 긴 숨을 한 번 내쉰다. 괜찮아. 그냥 꿈이었어. 그렇게 말하고 나는 나 자신을 속이려 한다. 침착해. 봐, 아무 일도 없잖아. 터져 나올 듯한 울음도, 멈추지 않는 떨림도, 모르는 척한다.

돌아오는 길에 생선 가게에 들렀다. 마빈이 좋아하는 치어 — 지앙케티 — 가 있길래 샀다. 일 킬로그램에 삼만 이천 리라. 정확하게 삼 분 뜨거운 물에 담갔다가, 하얗게 되면 바로 꺼내서 올리브 오일과 레몬을 뿌려서 먹는다. 반으로 갈라 와인에 쪄 먹으면 맛있는 빨간 잔물고기도 샀다. 이쪽은 이만 사천 리라.

어렸을 때부터 무서운 꿈을 많이 꿨다. 꿈은 죽음과 벌레와 도깨비와 폭력으로 무성했고, 꿈속에서 나는 무력하기 짝이 없었다. 나는 울지 않는 아이였지만, 무서운 꿈을 꾸면 불에 데기라도 한 것처럼 울었다. 엄마가 달래도 아빠가 화를 내어도 그치지 않았다.

꿈은, 벌레와 도깨비에서 조금씩 추상적으로 변해갔다. 조금씩 추상적으로, 그러나 여전히 공포의 선명함만은 변하지 않은 채.

도쿄에 있을 때는 물에 빠지는 꿈을—헤엄을 치려고 하면 누군가가 머리를 내리누른다. 나는 숨이 막혀 제정신이 아니다—자주 꾸었다. 그리고 불길한 새 꿈. 새는 커다랗고, 회색이고, 몹시 사악한 표정이었다.

일 년 전부터는 목소리 꿈만 꾼다. 목소리는 냉혹하고 억양이 강하고, 웃었다가 소리를 질렀다가 비명을 지르기도 한다. 목소리는 내 머릿속을 엉망진창으로 만든다. 신경이란 온 신경을, 감정이란 온 감정을. 나는 지치고 만다.

그런데도 나는 마빈에게 꿈 얘기를 하지 못한다.

마빈이 마르케지에서 초콜릿 케이크를 사왔다. 하얀 리본이 붙어 있다. 마르케지는 우리가 좋아하는 카페다.

얼음에 담가둔 와인과 생선 요리를 먹으면서, 오늘 생긴 일을 무심히 얘기한다. 알베르토 얘기, 개를 데리고 온 손님 얘기, 미국인 모임 — 그런 모임이 있다. 남편의 일 때문에 밀라노에 살고 있는 미국인 아내들의 모임이다 — 얘기.

하지만 나는 마빈이 다른 생각을 하고 있다는 것을 안다. 조그만 생선을 포크로 한 번에 찍어 입으로 옮기면서, 때로 와인을 한 입 머금고, 적당히 농담도 섞어가면서, 그러나 평소의 마빈과는 다르다.

"이제 파스타 먹을래요?"

대답은 알고 있지만, 일단 물어보았다.

"아니, 많이 먹었어."

칼로리가 넘을 것 같아서, 라고 말하고 마빈은 장난스러운 표정을 짓는다.

냉정하고 온화하고 정확한 판단력을 지닌 마빈이 불안해하고 있다. 나는 그런 마빈을 보면서 가슴 아파한다. 하지만 마빈은 아무것도 묻지 않는다. 나는 그렇다는 것을 안다.

"그럼 과일은?"

침실에서 먹지, 라고 마빈은 말하겠지. 이런 날이면 마빈은 반드시 나를 안으려고 한다. 마치 다른 방법으로는 나를 확인할 수 없다는 듯. 아무 데도 안 가니까 걱정 말아요, 하지만 나는 그 말을 해줄 수가 없다.

섹스 후, 부엌에서 설거지를 하고 혼자서 커피를 마셨다. 시간대를 생각하면 좀 크다 싶은 볼륨으로 슈베르트를 들으면서. 피르스가 연주하는 피아노 소리. D940번은 어린 시절부터 좋아한 곡이었다. 냉철함으로 가슴을 웅성거리게 하는 환상곡. 깊은 광기를 은닉

한 선율이 밤의 부엌과 나를 채운다. 검정과 하양 바둑판 모양 타일, 대리석 바닥의 모양, 검은 철제 파이프 의자. 섹스 후의 나른한 손발과 이상하리만큼 가벼운 몸으로, 나는 오래도록 꼼짝 않고 있었다. 들창이 열려 있는 조그만 베란다 너머로, 커스터드색 달이 떠 있다.

목요일,

늘 그러듯 네 명이서 시내로 영화를 보러 갔다. 오랜만에 보는 미국 영화다. 하비 케이틀이 나온다. 루카는 하비 케이틀을 좋아한다. 이 사람 좀 유별나, 라고 다니엘라는 말한다. 영화를 브고 식사를 하고, 식사 후에는 술을 마셨다.

다니엘라와 루카는 깜찍한 한 쌍이다. 거의 닮은 점이 없는 사람들이라, 처음 소개 받았을 때는 놀랐다. 정숙하게 자란 다니엘라와 불량스러운 인텔리 청년 루카. 하지만 술을 마시면서 드 사람은 오 분 간격으로 키스를 나눈다.

— 아오이는 마빈에게 너무 쌀쌀맞은 것 같아.

지난주 다니엘라에게 그런 말을 들었다. 호스트에서 다니엘라는 아빠에게 드릴 선물을 고르고 나는 마빈에게 줄 폴로셔츠를 골랐다.

— 가끔은 마빈이 안됐다 싶더라.

다니엘라의 통통한 볼이 딱딱하게 굳어 있었다.

물론 다니엘라가 모르는 것이다. 나는 마빈을 사랑하고 있고, 오 분마다 키스를 하지 않는다고 해서 쌀쌀맞다고는 할 수 없다.

"아오이?"

마빈이 내 얼굴을 들여다보았다.

"안 마셔?"

마시고 있어요, 라고 말하고 나는 술잔을 흔들어 보인다. 테이블 건너 대각선으로 앉아 있는 다니엘라의 강렬한 시선을 느꼈다.

금요일 아침, 눈을 뜨자 마빈은 벌써 나가고 없었다. 샤워를 하고 개구리의 정원으로 간다. 낮게 구름이 드리워진 하늘. 곧 비가 오리라. 목련의 새 잎이 싱그럽다. 회색 하늘에 네 마리 베이비그린. 나는 돌담에 걸터앉아 책을 펼쳤다. 희미한 바람이 이마로 흐른다.

한 시간쯤 지나자 비 냄새가 코를 간지럽히고, 부슬부슬 빗방울이 떨어졌다. 흙냄새가 물씬 났다. 책을 덮고, 나는 잠시 그 자리에서 비를 바라보았다. 뽀얀 연둣빛 목련 잎을 한 잎 한 잎 적시는 비.

집으로 돌아와 따스한 목욕물에 몸을 담갔다. 사락사락 공기를 휘감고, 물통을 때리는 빗소리를 들으며.

밖에는 비가 내리고 있습니다. 지난번 멋진 점심 식사, 맛있었습니다. 아주머니의 요리는 저에게 초등학교 시절을 떠올리게 합니다. 딱 한 번 아주머니가 저를 혼내신 적이 있는데, 기억하고 계신가요? 책 내려놔. 엄한 목소리로 그렇게 꾸중하셨습니다. 지금처럼 부슬비가 내리는 조용한 오후였어요. 학교에서 돌아오는 길에 아주머니 댁에 들러 간식을 먹고 있을 때였습니다. 저는 그날 학교에서 빌려온 책이 너무 재미있어서, 정신없이 읽고 있었죠. 'Topo di bibliotèca(책벌레)'란 말을 그때 배웠습니다. '미국 남자'와 같이 살고 있어서는 아니지만, 저는 지금 헨리 제임스를 읽고 있습니다.

마지막에 'Aoi'라고 사인을 하고, 나는 그 엷은 파란색 편지지를 접는다.

저녁때 마빈이 사무실에서 전화를 걸어주었다. 비가 오길래 기분이 어떤가 하고, 라며 웃는다.

"애기 취급하지 말아요."

창문으로 비를 바라보면서 나는 말했다.

"애기 취급하면 버릇이 나빠져요."

마빈은 늘 친절하다.

그다음 주에는, 세일 기간이어서 몹시 바빴다. 일 년 이상 진열대 안에서 얌전하게 있던 마노 귀걸이가 팔렸다. 부드러운 은갈색 단발머리가 찰랑거리는 사십 대 정도의 여자가 사갔다.

보석이 팔릴 때는 늘 기분이 묘하다. 나는 우선 사가는 사람의 방을 상상한다. 보석이 간직되는 장소를 상상한다. 그리고 그 사람이 거울 앞에서 보석으로 몸을 치장하는 장면을 상상한다. 특별한 때만 할까, 아니면 몸의 일부처럼 늘 하고 있을까, 여행을 떠날 때는 어떨까.

나는 보석을 좋아하는 것이 아니라, 보석으로 몸을 치장하는 여자의 생활을 좋아하는 것인지도 모르겠다. 보석을 사는 여자의 생활과 보석을 선물 받는 여자의 생활을.

나날이 여름이 짙게 공기에 섞여간다. 유리창 너머로 보이는 거리도 밝고 시끌시끌한 색으로 물들어 있다. 광장에는 아이스크림을 파는 가판대가 등장하고, 탱크톱에 짧은 바지 차림의 사람들이 짧은 여름을 향유하려 두오모 위에서 몸을 태운다.

— 얼마나 아름답다고. 장엄하고, 멋지고. 건물 자체가 이미 조각품인걸.

— 우와, 굉장한데.

— 역사가 아로새겨져 있잖아. 기독교 문화의 아득한 역사가.

여름이었고, 우리는 우메가오카에 있는 쥰세이의 아파트에 있었다.

— 하지만 말이지, 뭐랄까, 밀라노의 두오모는 차가워. 사람을 거부하는 듯한 느낌. 밀라노답기는 하지만.

두오모.

물건을 사러 버스를 타고 나갔다가 창문으로 그곳이 보일 때면, 순간 가슴을 스치는 것이 있다. 그것은 조그맣게 메말라 아주아주 멀다. 거의 점처럼 보인다. 겨우 점처럼만 보이는데, 그것은 내 안에서 살아 숨 쉰다.

"어느 쪽이 좋아요?"

가게 문을 닫고 장부를 정리하고 있는데 안쪽에서 알베르토가 나와 물었다. 두 손에 한 개씩 목걸이를 들고 있다. 양쪽 다 라피스라줄리를 사용한 것이다.

"이쪽."

나는 주저 없이 심플한 쪽을 가리켰다.

"로 사페보(그럴 줄 알았어요)."

알베르토는 의미심장하게 고개를 끄덕이고는,

"아오이 씨는 결벽증이니까."

라며 싱긋 웃는다.

"결벽증?"

나는 쓴웃음을 지었다.

"거창하기는. 난 그저 심플한 것을 좋아할 뿐이에요."

알베르토는 나를 빤히 쳐다본다.

"왜요?"

투명하고 하얀 피부, 섬세한 갈색 눈동자.

"무슨 할 말 있어요?"

나는 펜을 내려놓고, 알베르토의 얼굴을 보았다.

"왜?"

잠시 공백이 생긴다.

"몸을 꾸미는 것도 재미있는 일인데, 어째서 거부할까 싶어서요."

노래하듯 조그만 목소리로, 알베르토가 생글생글 말했다.

일주일이면 돌아온다고 해놓고 한 달이 지나도록 연락이 없던 안젤라에게서 국제전화가 걸려왔다. 그때 우리는 거실에서 달콤한 술을 마시고 있었다.

"하이, 허니. 나야, 알겠어?"

"하이, 안젤라, 잘 지내요?"

나는 왼손으로 수화기를 든 채 오른손으로 술잔의 얼음을 빙빙 돌렸다. 동그랗고 커다란 얼음 덩어리는 아마레토에 젖어 싱그럽게 빛났다. 안젤라에게서 온 전화라는 것을 알고서도 마빈은 딱히 표정을 바꾸지 않는다.

"마빈, 있니?"

"네, 있어요. 잠깐만요."

나는 눈썹을 올려 마빈에게 신호를 보냈다. 당신 바꿔달래요, 안젤라 누나예요.

"아직 파리에 있는 거예요?"

"그래, 파리야."

"I know you love Paris."

안젤라는 웃었다.

"어어, 누나. 어떻게 지내고 있어요?"

마치 지난번 말다툼 따위는 없었던 일인 양, 애정 어린 목소리로 마빈이 말한다. 나는 혀끝으로 아마레토를 홀짝거린다.

안젤라의 용건은 돈이었다. 신용카드에 약간의 문제가 생긴 모양이었다.

"걱정 말아요, 바로 보낼 테니까."

마빈은 그렇게 말하고, 나를 보면서 호텔 이름과 주소를 따라 부른다. 나는 일어나 메모지를 찾는다.

무슨 문제가 생긴 것인지, 안젤라는 언제쯤 밀라노로 돌아올 것인지, 마빈이 전화를 끊은 후에도 나는 묻지 않았다. 누나와 남동생. 나는 외동딸이라서 그 느낌을 잘 모른다.

다음 날 아침, 반짝반짝 빛나는 날씨, 마빈과 카페 스탕달에 갔다. 카페 스탕달은 브레라에 있고, 미국식 선데이 브런치를 먹을 수 있다. 평균 한 달에 두 번, 우리는 이 카페에서 일요일 아침을 먹는다.

"조용한 생활."

"응? 무슨 소리야?"

우리는 둘 다 짧은 바지에 선글라스를 끼고 있다. 폴로셔츠를 입은 마빈의 팔이 굵직하다. 근육을 따라 매끈하게 가늘어지는 손목에, 투박한 태그호이어를 차고 있다.

"조용한 생활."

나는 다시 한 번 말했다.

"소설이에요. 노벨상 수상 작가가 쓴."

막 짜낸 오렌지 주스를 한 모금 마시고, 나는 끈적끈적할 만큼 단 시나몬 롤 케이크를 먹는다. 웨이터가 마빈이 주문한 계란 프라이 — 프릴처럼 둘레가 눌어 있다 — 를 고소한 기름 냄새와 함께 날라다 준다.

오후에는 도서관에서 지냈다.

도서관에서 내가 늘 감탄하는 것은, 창가 자리도 빛이 닿지 않도록 설계되어 있다는 점이다. 네모난 창밖은 눈앞이 어질어질할 정도로 햇살이 강렬한데, 벽 안쪽은 어둡고, 조용하고, 공기조차 움직이지 않는다.

그 어두운 실내 구석에 앉아, 나는 밖을 바라본다.

마빈을 만난 지 얼마 안 되었을 무렵,

— 아오이의 눈은 투철해.

란 말을 들었다.

— 투철하다고요?

우리는 강을 따라 걷고 있었다. 헐벗은 겨울나무들. 안개와, 죽 늘어선 조그만 가게의 유리창과, 옛 빨래터의 흔적이라는 우물가. 마빈은 짙은 감색 모직 코트를 입고 있었다. 둘이 내쉬는 숨이 하얗다.

— 일직선으로 본질을 보려는 눈이라고 할까. 속지 않는, 휘둘리지 않는 눈이야.

— 뭔가 속이려 하고 있나요?

아니, 라고 말하며 마빈은 웃었다.

— 그럴 리가 있겠어. 심술궂군.

강을 끼고 양쪽으로 오래된 가게들 — 갤러리가 많다. 그 사이사이로 속옷 가게와 문방구 — 이 이어지는 길을 끝까지 걸어가 조그만 다리를 건너고, 반대쪽을 또 걸었다.

— 안 믿을지도 모르겠지만(You may not believe this),

마빈은 멈춰 서서 놀랄 만큼 성실한 표정으로 내 얼굴을 보았다.

— 누군가와 함께 살고 싶다고 생각하기는 처음이야.

마빈의 말에서는 거짓말 냄새가 나지 않았다.

아마도 나는 그 점에 매료되었으리라. 거의 동물적인 친근감이 느껴졌다. 이상한 일이지만, 마빈이 언젠가는 미국으로 돌아갈 것이란 점도 나에게는 바람직했다.

— 그럼, 같이 살래요?

내가 말하자, 마빈은 잠시 침묵하고, 그리고 마음이 상한 듯한 목소리로,

— 내가 그러고 싶다고 해서?

라고 물었다.

— 아오이의 기분을 묻고 있는 거야, 난.

— 진심이로군요(You are too serious).

해 질 녘이었다. 노상에 주차된 차가 한 대씩, 천천히 내려오는 어둠에 감싸인다.

— 나는, 물론 당신을 좋아해요.

나는 천천히, 신중하게 말했다.

— 같이 사느냐 마느냐는 어느 쪽이든 상관없어요.

마빈은 아무 말도 하지 않았다.

우리는 침묵한 채 나란히 걸었다. 그러다 결국 마빈이 오케이, 라고 말했던 것이다.

— 오케이, 그렇게 합시다(Let's rock a boat).

렛츠 락 어 보트. 창밖으로 넘치는 햇살 탓인가, 오늘의 독서는 전

혀 진전이 없다.

저녁때, 마빈과 페쿠에서 만나기로 했다. 페쿠는 가운데 바가 있는 거대한 음식 가게이고, 지하에서는 와인도 팔고 있다.

"Buòn giórno."

와인을 수입하는 마빈의 직업 덕분에, 우리는 가게 사람들 사이에 얼굴이 잘 알려져 있다. 미국인과 일본인 커플이라 눈에 띄는 데다, 종종 약속 장소로 사용하기 때문이기도 하다. 마빈의 평에 의하면 '일반적인 종류 중심으로 상품을 갖추고 있는' 모양인데, 넓고 청결한 점내며 개방적인 분위기가 나는 마음에 든다. 적당한 가격의 맛있는 와인.

마빈은 아직 오지 않았다. 나는 점내를 어슬렁어슬렁 걷는다. 엄청난 수의 병이 나란히 진열되어 있는 선반의 모습이 마치 도서관 같다. 엷은 녹색 병, 검은색 병, 투명한 병, 파란 병.

거의 모든 병이 마개 쪽이 앞으로 보이게 뉘어 있기 때문에, 코르크 위를 덮은 얇은 금속 뚜껑이 보인다. 짙은 파란색 금속 뚜껑이 밤하늘의 파랑을 닮았다.

"한번 드셔보세요."

가게 사람이 조그만 잔에 시원한 화이트와인을 따라 온다. 시음용이다.

"고마워요."

나는 말하고, 원목 의자에 앉아서 마신다.

— 아오이.

언제였던가 여기서 마빈이 와인을 선물한 적이 있다. 내 손을 잡고 데리고 간 선반에는 오래된 와인만 죽 진열되어 있었다.

— 이것 좀 봐, 라벨.

마빈이 사준 와인은 1970년도 산, 내가 태어난 해에 생산된 화이트와인이었다.

"일찍 왔군."

슬랙스로 갈아입은 마빈이 비누 냄새를 풍기며 서 있다.

"오후, 어떻게 지냈어?"

일어난 내 볼에 키스를 하며 묻는다.

"독서요(Was reading)."

나는 멋없이 대답하고, 마빈의 허리에 팔을 감는다.

우리는 이제 일 층에서 카트 한 가득 시장을 볼 것이다. 아마도 그 동안 내내 허리에 팔을 감고 있으리라 마빈의 차를 타고 집으로 돌아간다. 식사 전에 섹스를 할지도 모른다. 목욕을 할지도 모른다.

"아오이."

내 등을 껴안듯 걸으면서, 아메리칸 걸 같은 차림의 당신도 아주 멋져, 라고 마빈은 말한다.

4

Una Vita Tranquilla/Parte Due

조용한 생활 2

케프렐로 거리에 태산목 꽃이 피었다.

이 꽃이 피면 여름이 왔는가 싶다, 라고 옛날에 엄마가 말했다. 십오 년이나 이국땅에 살면서 이탈리아 말을 한 마디도 기억하려 하지 않은 엄마의 조그맣고 갸름한 얼굴과 외까풀 눈. 내 손을 잡고 매일 아침 학교에 데려다주었던 엄마의 눈에, 이 거리는 어떤 식으로 비쳤을까.

아까 저녁나절, 빗소리를 들으며 목욕을 하는데, 안젤라가 산책하러 나가지 않겠느냐고 했다. 안젤라는 늘 활동적이다.

태산목 꽃은 하얗고 커다랗다. 달콤하고 강렬한 향기가 풍기는데, 두툼한 잎사귀가 너무도 무성히 달려 있어 그 무성함에 가려 모르고 지나가는 사람이 많다.

"꽃? 어디?"

우산 대신 레인코트의 모자를 쓰고 걷고 있는 안젤라가 미간을 찌푸리면서 물었다. 지난주 파리에서 돌아온 애인의 누나는 '밀라노의 이 묵직하고 눅눅한 공기가 그리웠다'면서 열심히 심호흡을 한다. 안개비가 얼굴에 뿌리는데도 전혀 개의치 않는 모양이다.

"저기, 봐요, 저기에도."

내가 손가락으로 가리키자, 안젤라는 잎 사이로 그 소박한 꽃을 찾아내고는, 정말 있네, 란 표정을 짓는다.

"늘 모르고 그냥 지나쳤는데."

모든 것에 빠짐없이 흥미를 보이는 안젤라는, 가는 — 그러나 억센 — 손가락 끝으로 잎사귀들을 헤치고 꽃들을 하나하나 찾아냈다.

벌써 사흘째, 이렇게 안젤라와 산책을 하고 있다. 일이 없는 날에는 반드시 나가자고 한다.

"예쁘네."

안젤라는 말하고,

"누구의 눈길도 끌지 않는데."

라고 신비로운 조용함으로 덧붙였다.

믿을 수 없을 정도로 가는 비가 잎을 흔들고, 공기를 흔들고, 7월의 거리를 적시고 있다. 사륵사륵 희미한 빗소리가 끊임없이 들리고, 시간도, 장소도, 모든 것이 형태를 빼앗기고 만다.

"따분하지 않아?"

태산목을 지나, 오른쪽 정원을 따라 이어지는 검정색 철책을 손가락으로 만지면서 걷고 있던 안젤라가 조그만 목소리로 물었다.

"마빈, 노인 같지?"

"노인?"

되물었지만 안젤라는 그 물음에는 대답하지 않고,

"아오이 씨는 이렇다 하게 하는 일이 있는 것도 아니고, 아아, 물론 파트타임 아르바이트는 하지만 경력이 될 만한 일은 아니지. 논다고 해봐야 다니엘라만 만나는 정도잖아? 영어를 완벽하게 구사하는데도 미국인 모임에는 얼굴도 내밀지 않고, 그렇다고 일본 사람들과 사귀는 것 같지도 않고. 늘 책과 목욕뿐."

이라고 말했다. 목욕뿐, 이란 말에서 슬쩍 웃었다.

게을러서 그래요, 라고 대답했지만, 안젤라는 승복할 수 없다는 투였다.

"결혼은 안 해?"

갑자기 그런 질문을 한다.

"결혼요?"

"그래. 사랑하고 있잖아? 마빈을."

나는 안젤라의 얼굴을 보았다. 갈색 머리를 돼지 꼬리처럼 묶고, 여전히 부실부실 튀어나와 있는 잔머리에 화장기는 없다. 군청색 레인코트에는 온통 빗방울이 맺혀 있다.

"미안해. 대답하지 않아도 괜찮아."

두 손을 들고 말한다.

"그냥 좀 물어보고 싶었어. 그러니까 그렇게 심각한 얼굴 하지 마."

싱긋 웃는다. 미국인의 웃는 얼굴은 환하지만 어딘가 모르게 서

글프다.

“아오이 씨처럼 똑똑한 사람은, 사랑한다고 해서 결혼하는 그런 어리석은 짓은 하지 않겠지, 아마.”

“심각한 거 아니에요. 원래 이래요.”

내가 말하자 안젤라는 어깨를 으쓱했다.

“Maybe.”

우리는 잠자코 아무 말 없이 걸었다.

— 나도 어째야 좋을지 모르겠어.

어제저녁, 섹스 후에 마빈이 말했다.

— 옛날부터 자존심이 센 사람이라서, 덕을 붙잡는다는 건 생각도 할 수 없는 일이었어.

덕이란 안젤라의 헤어진 남편 이름이다.

— 덕은 절대로 나쁜 사람이 아니야. 떠들썩한 것을 좋아하고, 굉장한 야심가고.

— 둘이 성격은 맞았어요?

품 안에서 물었다. 마빈은 체온이 높아서 품 안이 따뜻하다.

— 뭐, 딱히 성격이 맞았던 것은 아니지만.

마빈은 어떤 사람에 대해서든 나쁘게 말하지 않는다. 그렇다고 전적으로 그 사람과 마음이 맞는다거나, 그 사람을 좋아하는 것은 아니다. 나는 불현듯 그러고 싶어져 마빈을 꼭 껴안았다. 팔과 가슴은 따뜻한데, 에어컨 바람을 그대로 맞고 있는 등은 소름이 끼칠 정도로 차가웠다.

"내가 게으름을 피워도, 마빈은 늘 용서해줘요."

우산을 접고, 버스의 계단을 오르면서 나는 말했다. 비 내리는 날의, 버스 안의 공기.

"왜, 누구에게 용서받아야 할 필요가 있는 거지?"

안젤라가 물었다. 나는 대답하지 않았다.

저녁때 오랜만에 일본식 요리를 만들었다. 단호박을 찌고 생선을 굽고, 시금치를 무치고, 조갯살을 넣어 밥을 짓고. 내게 그 음식들은 일본과 연결되는 맛이 아니다. 밀라노에서 지낸 어린 시절의 맛. 슈퍼마켓에 몇 종류나 있는 쌀 중에서 로마 쌀이 일본 쌀과 제일 비슷하다는 것하며, 무는 중국 음식 재료점에 가지 않으면 구할 수 없고, 시금치는 데친 후에 조금씩 갈라서 냉동해두면 편리하다는 것, 모두 엄마에게서 배웠다. 끝없는 잔소리를 들으며.

마빈은 원래부터 일본 음식을 좋아하고, 일본 요리라고는 생선 초밥과 스키야키밖에 모른다는 안젤라도 맛있게 먹어주었다.

우리 세 사람은 식탁에 둘러앉아 평화롭고 조용하고 온화한 분위기 속에서, 그러나 모르는 사람끼리 어쩌다 보니 동석을 하게 된 것처럼 묘한 거리감 속에서 식사를 했다. 눈앞에 있어도, 형제자매라도, 가슴속은 이렇게 멀다. 세계의 끝처럼.

설거지는 내가 좋아하는 일이다. 접시와 잔을 대충 헹구어 차례차례 식기세척기에 넣는다. 안젤라는 욕실에, 마빈은 침실에 틀어박혀 있어 부엌에는 나 혼자다. 에어컨 탓이 아니라, 부엌은 다른 방보다 온도가 조금 낮은 듯한 기분이다. 물건이 모두 있어야 할 자리에 수납되어 있는, 반짝반짝 닦여진 한밤의 부엌.

비는 아직도 내리고 있다.

물론, 이 비는 그 비와는 전혀 다르다. 여름이고 밀라노에 내리는 비다. 나는 식기세척기에 초록색 세제를 넣고, 뚜껑을 닫고 스위치를 켠다. 모터가 돌아가는 소리와, 창 너머로 보이는 무수한 물방울의 포물선.

그 비. 먼지를 먹고 배기가스를 빨아들이며 회색 거리를 적시던 비. 나는 의자에 앉아, 지금이라도 당장 되살아나려는 기억과 대치한다. 식기세척기는 끔찍한 소리를 내며 움직이고 있다.

우메가오카의 아파트는 좁았지만 편했다. 늘 물감과 기름 냄새가 나고, 비 내리는 날이면 한층 냄새가 심해졌다. 창으로 보이는 공원의 긴 계단과 흠뻑 젖은 헐벗은 가지들. 정말 죽고 싶어지는 비였다. 그 겨울의 그 비. 나는 그 방에 갇혀 있었다. 그때까지의 행복한 기억에, 믿을 수 없을 정도로 샘솟아 넘치는 애정과 신뢰와 정열에. 한 걸음도 밖으로 나갈 수 없었다. 나와, 라고 쥰세이는 말해주었는데. 나와, 라고, 막 캐낸 천연석 같은 순수함과 강인함과, 그리고 부드러움과 난폭함으로.

그 비. 그 거리. 그 나라에서의 사 년간.

시계를 보니 열한 시였다. 나는 일어나, 냉장고에서 생수를 꺼내 컵에 따랐다. 절반을 마시고 남은 물은 싱크대에 버렸다.

이미 지나간 일이다. 나는 천장을 쳐다보고, 수납장의 유리창을 쳐다보고, 다시 냉장고를, 그리고 테이블과 의자를, 바둑판 모양의 바닥을 쳐다보았다. 지금은 이곳이 나의 현실이다.

마빈은 티셔츠 위에 스웨터를 걸치고, 서늘하게 냉방된 침실에서 컴퓨터와 마주하고 있다. 타닥타닥, 키보드를 두드리는 가벼운 소리가 들린다.

"아직 많이 남았어요?"

나는 등 뒤에서 마빈을 껴안는다. 부드러운 머리칼에 코를 묻는다. 널찍한 등, 마빈의 냄새.

"그만하면 무슨 좋은 일 있나?"

마빈은 오른손으로 내 왼손을 잡으며 말한다. 나는, 그야 물론, 이라고 대답했다. 그야 물론. 책상 구석에 놓여 있는 골리아 상자를 열고, 그 검고 조그맣고 씁쓸한 사탕을 하나 입에 넣는다.

다음 날은 하늘이 맑게 개었다. 침대 속에서도 무더운 하루가 되리란 것을 알 수 있었다.

아침을 먹고, 느닷없이 수영을 하고 싶다는 안젤라를 차에 태워 스포츠 센터에 데려다주고 그 길로 가게로 향했다. 가게 문을 열기에는 좀 이른 시간이라, 공방에서 작업하는 알베르토를 관찰한다. 알베르토는 시리코니카를 조각하고 있었다. 시리코니카는 고무 주형 같은 것.

"잘 잤어요?"

입구에서 말을 걸자, 알베르토는 고개는 들지 않았어도 기운찬 목소리로, 안녕, 이라고 대답했다.

나는 커피를 이인분 끓였다. 아침의 공방에 향긋한 커피 향이 퍼진다.

"날씨가 너무 좋네요."

창문으로 쏟아지는 아침 햇살을 보면서 내가 말하자, 알베르토는 노래하듯—막 조각한 시리코니카에 제라라고 하는 빨간 납을 부어 넣으며—, 그러게 말입니다, 라고 맞장구를 친다. 그러고는 작업 중에 나는 작은 소리와 볼륨을 낮춘 라디오 소리만 공방 안을 흐른다. 공방의 벽은 지나치리만큼 하얗고, 나는 입구에 가까운 그 벽에 기대어 조그만 작업대와 알베르토와 엄청난 수의 도구와 아침 햇살이 완벽하게 어우러진 풍경을 바라보았다.

이렇게 철저한 수작업은 다른 곳에서는 보기 어려우리라. 시리코니카까지 자기 손으로 직접 만드는 알베르토. 모든 과정을 혼자서 해결하기 때문에 지하에는 대형 기계가 몇 대나 놓여 있다. 금속을 일정한 굵기로 자르는 기계, 전동 줄, 용해기. 우악스럽고 거대하고, 기름 냄새 나는 기계들.

가게 문을 열 시간이 되어 나는 소리 없이 그 자리를 떠났다.

유독 손님이 없는 하루였다. 덕분에 독서에 열중할 수 있었다. 엊그제부터 『리틀 스트레이치』란 책을 읽고 있다. 질릴 정도로 두꺼운 책이다.

오후에 파올라가 손수 만든 과일 케이크를 들고 가게를 찾아주었다. 내가 입고 있는 셔츠를 보고는, 하얀색은 어울리지 않아, 라고 한다.

"색이 좀 있는 게 좋아. 베이지나 검정, 갈색, 하늘색."

파올라는 내가 하얀색 옷을 입으면 '쓸쓸하게' 보인단다.

"나는 재미있고 아름다운 게 좋더라."

하고 파올라는 말한다.

여름은, 모든 거리거리 위에 평등하게 군림하고 있다. 유리창 밖 도로에도, 뒷문 앞 쓰레기장과 길고양이 위에도, 일을 끝내고 밖으로 한 걸음 내디딘 순간의, 밤공기의 달콤하고 눅눅한 냄새와 벌레 소리 속에도.

뉴스는 금요일 밤에 날아왔다. 다니엘라와 루카가 약혼을 했단다.

행복한 디너를 마치고, 두 사람이 보고차 들러주었을 때 마빈과 나는 거실에 있었다. 슈트라우스의 오페라를 낮게 틀어놓고 아마레토를 마시면서 마빈은 와인 전문 잡지를, 나는 『리튼 스트레이치』를 읽고 있었다.

"우리, 약혼했어."

문을 열자마자, 다니엘라가 말했다. 목소리도 표정도 행복에 젖어 있고, 물론 손은 루카와 꼭 마주 잡고 있다.

"어머나, 멋지다(Meraviglioso)."

나는 먼저 다니엘라와 — 십 초 동안이나 — 포옹을 하고, 그리고 루카와 포옹했다.

"축하해."

나는 말하고, 다시 한 번 다니엘라와 포옹한다.

"늦은 시간에 미안해. 하지만 너에게 제일 먼저 전하고 싶었거든."

세 번째 포옹.

"어디서 프로포즈 받았는데?"

간신히 몸을 떨어뜨리고 내가 물었다. 마빈은 우선 루카의 어깨를 껴안고, 다니엘라의 두 뺨에 키스를 한다.

"산사티로."

다니엘라는 두오모 근처에 있는 조그만 성당 이름을 말했다. 십오 세기에 세워졌다는 오래고 오래된 성당이다.

"성당 안에서."

다니엘라가 말하고, 생각났다는 듯 루카와 지긋하게 마주 보고, 두 번이나 잇달아 키스한다.

앞서 침실에 들어가 있던 안젤라까지 합세해서 우리는 그날 밤 와인을 두 병이나 비웠다. 슈트라우스 대신 다니엘라가 좋아하는 라프와 조르지아를 틀어놓고.

"다니엘라는 내가 제일 처음 다닌 초등학교에서 만났는데, 그때나 지금이나 조금도 변하지 않았어요. 잘 말이야, 지금의 축소판."

두 사람이 돌아간 후, 나는 욕조에 걸터앉아 마빈에게 마사지를 받으며 말했다.

"그랬을 거야."

마빈은 키득키득 웃으며 맞장구를 쳤다.

"어른스러운 아이였겠지. 항상 눈이 부신 듯한 표정을 짓고 있는."

"그래요."

갈색 머리칼, 갈색 눈동자, 주근깨가 돋아 있는 하얀 피부.

"덧붙여서 한 가지 더. 다니엘라는 천사 같은 애였어요. 반 전체에서 제일 착한 애. 그리고 용감한 애."

"용감한 애?"

그래요, 라고 말하고 나는 몸을 비틀어 물이 절반쯤 찬 욕조에 한쪽 발을 담갔다.

"동양인 아이에게 자기 쪽에서 먼저 말을 건 애는 다니엘라뿐이었으니까. 발레도 그녀가 같이하자고 해서 시작한 것이고."

다니엘라의 레오타드는 검정이고, 내 레오타드는 아주 옅은 핑크였다. 건물의 이 층에 있는 촌스러운 연습실, 커다란 거울, 아이들의 땀을 빨아들여 묵직하고 너덜너덜하게 변색된 갈색 가죽 바.

"결국 난, 일 년 만에 다른 초등학교로 전학을 갔지만, 그 학교에서 만난 다른 애들보다 다니엘라와 친하게 지냈어요."

"처음 다닌 학교에서 뭐 안 좋은 일이라도 있었나?"

마빈이 물었다. 나는 잠시 생각하고서,

"반드시 그런 것은 아니지만, 뭐 여러 가지로 일이 많았어요."

그렇게 대답했다. 별로 떠올리고 싶지 않은 기억이다. 목덜미를 주무르던 손길을 멈추고 마빈이 내 정수리에 키스를 한다.

"가엾게도. 내가 있었으면 그런 짓 절대로 못 하게 했을 텐데."

나는 웃었다.

"당신은 그때, 위대한 자유의 나라에서 햄버거를 먹고 있지 않았을까요."

하지만, 이라고 말하고 나는 일어나 마빈의 정수리에 키스를 하고 물을 잠갔다.

"전학 간 학교에서는 굉장히 재미있었어요. 생긴 지 얼마 안 된 일본인 학교라서 그랬는지 여유가 있었어요."

마빈의 표정이 마음이 놓인다는 듯 풀어지는 것을 알 수 있었다. 벌써 이십 년이나 지난 옛날 일인데.

"그런데 그게 잘못된 것이었어요."

나는 농담 삼아 덧붙였다.

"일본이란 나라는 좋은 나라일 것이라고, 평화롭고 관대하고 느긋한 나라일 것이라고 생각해버렸으니."

우리는 얼굴을 마주하고, 눈으로만 미소를 나눈다.

"그럼, 이제."

나는 말하고, 옷을 벗었다. 오일을 뜨군 물 냄새가 코를 간지럽힌다.

"그럼, 천천히 즐기시길."

마빈이 나가고 나자, 나는 마음을 놓아야 좋을지 쓸쓸해져야 좋을지 모른다.

다니엘라의 약혼은 신기할 정도로 나를 기쁘게 했다. 메렌다(오후의 참 또는 티타임. 그 먹을거리 자체를 뜻하기도 함 — 옮긴이)를 오물거리면서 함께 걸었던 통학길. 수많은 비밀을 함께하였던 다니엘라.

첨벙, 물소리를 내며 물에 잠긴다. 다리와 배가 흔들려 보인다. 벽에는 검은 액자에 들어 있는 Izis의 사진, 하얗고 두터운 목욕 타월.

내 주위에만 시간이 정체되어 있다.

차분한 주말이었다. 마빈은 스포츠 센터에 가고, 나는 안젤라와 산책을 한 것 외에는 내내 책을 읽으며 지냈다.

— 아오이는 책을 좋아하나 봐.

초등학교 때 다니엘라가 코를 찡그리며 그렇게 말했던 기억이 난다.

— 선생님이라도 될 거야?

도서실은 학교에서 제일 안심할 수 있는 장소였다. Topo di bibliotèca, Amante della lettura(책벌레, 독서가), 나는 정말 말 그대로 책벌레였다.

일요일 저녁, 마빈과 슈퍼마켓에서 만나 시장을 보고, 밤에는 비디오로 영화를 보았다. 안젤라가 느닷없이 빌려온 것이다. 비디오테이프는 모두 세 편, 한 편은 홍콩 영화, 나머지는 미국 영화였다.

"어느 게 좋겠어?"

한쪽 무릎을 세우고 소파에 앉아 안젤라가 물었다. 엷은 분홍색 티셔츠에 청바지, 손목에는 머리 묶는 고무줄을 끼고 있다.

"아무 거나요."

나는 그렇게 대답했는데, 마빈은 제목을 보고는 얼굴을 찡그렸다.

"뭐든 안 보면 안 되는 거야?"

"마빈."

내가 말하자 마빈은 두 손을 들어 올리고, 얌전하게 소파에 앉는다.

"고마워."

안젤라가 내 얼굴을 보고 말했다.

결국 최근에 만들어진 미국 영화를 보았는데, 한심하기 짝이 없었다.

우리는 신나게 악평을 늘어놓고는 — 당분간 향수병에는 걸리지 않겠어, 라고 안젤라가 말했다 —, 달콤한 술을 한 잔씩 마시고 침실로 들어갔다. 난사되는 권총과 뿜어 나오는 피 때문에 가벼운 두통이 느껴졌다.

"어이구, 피곤하다."

문을 닫자 마빈이 말했다. 종이갓이 큼직한 스탠드가 방 안에 부드러운 빛을 선사하고 있다.

"Une existence tranquille(조용한 생활)."

"네?"

되묻자 마빈이 미소 지었다. 열면 찰칵 하고 커다란 소리가 나는 서류 가방에서 책을 한 권 꺼내 보인다.

"소설이야. 노벨상 수상 작가의. 프랑스어로 번역된 게 나와 있었어."

받아 들고, 두세 쪽을 넘겼다.

"읽을 수 있어요?"

"설마."

옷을 벗고, 새하얀 브리프만 입은 마빈은 책을 손에 든 채 나를

살며시 껴안고,

"Une existence tranquille."

하고 다시 한 번 말하고는 내 이마에 입맞춤했다.

체온이 높은 마빈, 비누 냄새 나는 커다란 체구.

침대 속에서, 우리는 바캉스에 대해 얘기했다. 스위스가 아니면 시칠리아도 좋다. 마빈은 피렌체에 가고 싶다고 한다. 북구까지 가도 좋다. 남쪽에 있는 조그만 섬도 좋다.

"어디든(Any place)."

나는 말했다.

"당신이 원하는 곳이면 어디든."

다음 날 아침은 안젤라가 준비해주었다. 밝은 노란색, 부드러운 오믈렛. 하지만, 아침에는 식욕이 없다면서 본인은 먹지 않았다 초췌한 옆얼굴로 커피를 마시고 있다.

7월.

창밖이 너무 밝아, 창가에 선 안젤라의 얼굴이 그늘져 거의 보이지 않는다.

마빈은 이미 사무실에 나가고 없다. 나는 그릇을 치우고, 책을 펼치고 나머지를 읽는다.

"오늘도 무척 더울 것 같네."

얼굴이 보이지 않는 안젤라가 말했을 때, 현관 벨이 울렸다. 낮은, 그러나 귀에 거슬리는 요란한 소리다.

"네."

인터폰에 대고 대답하자, 믿을 수 없는 목소리가 들렸다.

"아오이?"

믿을 수 없는, 정겨운 목소리. 대답하지 않고 있자,

"Buòn giórno."

라고 목소리가 다소 불안하게 말했다.

"못 믿겠어."

내가 중얼거리자, 인터폰 너머에서 목소리가 웃었다. 느긋하고, 활달한 목소리.

"믿어야지."

현관으로 뛰어나가자, 다카시가 서 있었다.

5

Tokyo

도쿄

"오랜만이야."

아침 햇살 속에 다카시가 서 있었다. 일본의 대학에서 주위에 기묘한 위화감을 안겨주었던 붙임성 있게 웃는 얼굴도, 요리사처럼 짧게 깎은 머리도 여전하다.

"못 믿겠어."

나는 바보처럼 얼빠진 말투로 같은 말을 또 하고, 다카시는 가볍게 두 손을 들고 어깨를 으쓱했다.

"돌아온 거야?"

몇 년 만일까. 다카시는 일본인 학교의 동창생이다. 고등학교를 다니다가 가족과 함께 일본으로 돌아갔는데, 그 후 일본의 대학에서 다시 만났다. 겉모습은 물론 일본 사람인데, 일본 사람답지 않은 솔직함으로 주위 사람들을 접하는 이 친구 덕분에, 나는 때로 위로

받을 수 있었다.

"다카시!"

겨우 말하고, 나는 스스로도 뜻밖일 만큼 환하게 미소 지으며 반가운 친구를 꼭 껴안았다.

"아주 근사한 곳에 살고 있는데."

현관문 안으로 한 걸음 들어와 다카시가 말했다. 다카시가 말하면, 그 어떤 말도 비난조로 들리지 않는다.

"친구?"

안젤라가 호기심 어린 눈으로 물었다. 내가 그렇다고 대답하자, 소개하기도 전에 다카시가 자기 이름을 말했다. 유창한 영어는 아니지만, 그러나 나무랄 데 없는 웃는 얼굴로.

"이쪽은 안젤라."

내가 말하자, 두 사람은 서로에게 인사를 하고 가볍게 악수를 나누었다. 환하디 환한 창가에서.

"안젤라는 마빈의 누님이야."

내 말을 다카시가 가로막았다.

"알고 있어. 페데리카에게 다 들었어."

그래서 알았나 보다. 내 주소를 알고 있는 일본인은 — 내 부모를 제외하면 — 아무도 없으니까.

"굉장히 오랜만인 모양이네."

안젤라가 흥미롭다는 듯 말한다.

"커피라도 끓여줄까?"

"제가 할게요. 누님은 그냥 계세요."

부엌에 갈 필요가 있었다. 일 분이라도 좋으니까 혼자가 되어, 도쿄를 억누를 필요가.

괜찮아. 나는 자신에게 말했다. 다카시는 밀라노의 인간이다. 같은 초등학교에 다녔다. 인터내셔널 고등학교도 같이 다녔고, 곧잘 같이 놀기도 했다. 학교 식당에서 함께 먹은 토스트, 밤이면 놀러 나갔던 산바빌라 광장. 밀라노의 기억을 그러모은다. 다카시는 오랜, 이 도시의 친구다.

나는 커피를 끓이고, 비스킷을 곁들였다. 고등학교 옆 카페에서 먹었던 것처럼.

다카시는 돌아온 것이 아니라, 여름 방학을 이용해서 놀러 온 것 같았다. '일주일 동안 스페인을 돌아다니다 왔다'고 한다.

"바카로 기억해?"

나는 고개를 끄덕였다. 고등학생 시절, 다카시와 친하게 지낸 남자애다.

"그 녀석 아파트에 신세지고 있어."

대학을 졸업한 후, 다카시는 대학원에 남았다. 중세 문학을 전공하고 있었는데, 무슨 인연인지 불교에 깊은 관심을 갖게 되어 도쿄 어귀에 있는 불교 대학에 재입학을 했다고 한다.

"구 년째 대학 생활이야."

라고 말하며 싱글벙글 웃는다.

"불교!"

안젤라가 눈을 반짝였다.

"불교에는 예전부터 관심이 많았는데 당신, 밀라노에는 언제까지 있어요?"

"일주일입니다."

다카시는 말하고, 싱긋 웃으며 비스킷을 깨물었다.

커피를 다 마시고 우리는 산책을 하러 나갔다. 안젤라도 같이 가자고 했더니, 재회를 방해하고 싶지 않다면서 나서지 않았다. 밖은 덥고, 칙칙한 돌담에 빛과 어둠이 또렷한 대조를 이루고 있었다.

"가고 싶은 데 있어?"

내가 물었지만, 다카시는 고개를 으쓱했을 뿐,

"어디든."

이라고 한다.

"다 그리운 곳인데, 왠지 생각한 것만큼의 감회는 없어."

오랜만에 듣는 일본말이었다.

"도착한 날 밤 광장에서 곤드레가 되도록 마셨어. 그래서 어제는 늦게까지 잤고, 저녁나절에 바카로와 두오모에 올랐었지."

"두오모에?"

다카시는 키가 크고 골격도 커서, 이탈리아 사람들 속에 섞여 있어도 — 아니 미국 사람들 틈에 있어도 — 체격적으로는 전혀 뒤지지 않는다. 지퍼 달린 희미한 노란색 셔츠에, 원래는 검정이었을 색 바랜 진을 입고 있다.

"응. 날씨도 좋았고, 도시를 내려다보면서 아즐로를 마셨지."

다카시는 맥주 이름을 말했다.

"안도 상당히 진지하게 돌아봤어. 압도적이더군. 굉장해."

맞는 말이다. 모든 것이 압도적으로 거대하고, 압도적으로 오래되었고, 압도적으로 장엄하다.

"관광객 같다."

"관광객이지."

다카시는 싱긋 웃는다.

"건강해 보인다."

지하철을 타자, 나를 안쪽으로 보호하듯 서서 다카시가 말했다.

"건강해, 물론."

창밖 어둠에 비친 다카시의 얼굴이 씁쓸히 웃는다.

"여전하군."

중앙역에서 내려 우리는 조그만 공원으로 들어갔다. 식수대와 화단과 벤치밖에 없고, 이름도 없는 조그만 공원이다. 식수대에서 검정개가 물을 마시고 있었다.

"환경이 안 좋은 곳이네."

빌딩에 둘러싸여 있는 데다 자동차의 흐름이 격렬한 거리를 바라보면서 다카시가 말했다.

"이런 데 초등학교가 있었으니."

현재는 보다 환경이 좋은 곳으로 이전한 모양이지만, 우리가 어렸을 때는 초등학교가 바로 옆에 있었다.

"이 근처에는 가끔 와."

벤치에 앉아 얼굴을 들고 코끝으로 햇살을 받으면서, 나는 선글라스를 꺼내 썼다.

"저기 커다란 호텔이 있잖아? 그래서 마빈의 거래처 손님들을 데리러 오가곤 해."

"음, 그렇구나."

다카시도 옆에 앉았다.

"곧잘 생각해. 교감 선생님, 건강하실까 하고."

내가 말하자, 다카시가 웃음을 터뜨렸다. 무슨 얘긴지 안 것이다.

"그랬었지."

그 무렵, 밤이 되면 중앙역 주변에 남창들이 나돌아 다녔다. 우리들은 물론 몰랐지만, 아침 등교 때면 늘 교감 선생님이 교문 주위를 쓸곤 했다. 피임 기구가 떨어져 있는 것이다.

"그 아파트에 산 지 얼마나 됐어?"

다카시가 물었다. 다카시는, 왼손 새끼 손가락에 은색 반지를 끼고 있다.

"일 년 반."

아까 보았던 검정개가, 뚱뚱한 아저씨와 함께 나란히 공원을 나간다.

"그래?"

자동차와 빌딩뿐인 장소에서도 하늘은 아주 파랗다.

"다니엘라 기억하니?"

"Cèrto(물론이지)."

이탈리아어로 말한다. 나는 다니엘라가 약혼했다는 소식을 전했다. 시간은 확실하게 흘러간다.

우리는 내일 다시 만나기로 약속하고, 역에서 헤어졌다. 도쿄 얘기는 하지 않았다. 부자연스러운 일이었다.

"누구?"

돌아오자마자 덥다면서 샤워를 하고, 폴로셔츠에 반바지 차림으로 물을 벌컥벌컥 마시고, 젖은 머리칼을 타월로 닦으면서 마빈이 물었다.

"친구예요. 주재원 아들인데, 여기서 자랐어요. 대학을 졸업한 후에는 한 번도 못 만났는데, 오늘 불쑥 찾아왔더라고요."

아주 괜찮은 사람이었어, 라고 옆에서 올리브를 우물거리며 잡지를 읽고 있던 안젤라가 말했다.

"불교를 공부하고 있다더라."

"와. 여기에는 얼마나 있는대?"

일주일, 이라고 안젤라가 대답하자,

"한 번쯤 식사라도 같이하자고 초대하지그래."

라고 마빈이 말했다.

샤워를 한 마빈의 몸에서 좋은 냄새가 풍겨, 나는 고통스러웠다. 마빈의 굵은 목, 근육으로 탄탄한 어깨, 그리고 허벅지.

"하지만 일본에서도 같은 대학을 다녔다니, 굉장한 우연이네."

나는 웃었다.

"우리 같은 사람들을 받아들여주는 대학은 흔치 않아요."

마빈이 뜻밖이라는 표정을 지었다.

"상당히 폐쇄적이로군."

"아, 배고프다. 빨리 저녁 먹자."

안젤라가 말했다.

오전에는 산타 마리아 델레 그라치에 성당의 정원에서 지냈다. 구름이 낮게 드리워진 하늘. 바람 없는 날이다. 자갈과 잔디가 깔린 오솔길은 깔끔하게 손질되어 있는데, 네 마리 개구리가 지키고 있는 분수에는 아무도 근접할 수 없다. 어린 시절부터, 이곳에서는 안심할 수 있어 좋았다.

개구리의 정원에 목련꽃이 피는 계절이로구나.

봄, 엄마가 보내는 편지에는 늘 그렇게 쓰여 있었다.

도쿄의 대학에서 사 년을 지내고, 돌아올 계획이 없었던 이 도시로 다시 돌아온 날, 3월인데도 폭설이 내렸다. 이튿날 아침, 눈에 갇힌 이 정원을 바라보았을 때, 나는 비로소 조금 울 수 있었다.

회랑의 돌담에 걸터앉아 책을 읽는다. 흙과 돌이 섞인 냄새를 폐 깊숙이 숨 쉬면서.

정오에 다카시와 노베첸토에서 만났다. 내가 도착했을 때, 다카시는 먼저 와서 창가 테이블에 앉아 턱을 괴고 밖을 보고 있었다.

"일찍 왔네."

말을 걸자 내 쪽을 돌아보면서 싱긋 웃는다.

"부온 조르노."

노베첸토는 오늘도 시끌시끌 복잡하다. 우리는 우선 와인을 주문하고, 파스타와 야채를 나누어 먹고, 메인 디시는 둘 다 생선을 선택했다. 다카시는 남자치고는 그리 많이 먹는 편이 아니지만, 아주 꼼꼼하고 깨끗하게 먹는다. 은색 반지를 낀 손.

"일은 안 해?"

"하고 있어. 파트타임이지만."

생선은 쥐노래미였고, 애호박 소테가 곁들여져 있다.

"산피오네 공원 근처에 앤티크 보석 가게가 있는데, 기억나?"

다카시는 고개를 끄덕이고, 커다란 고블릿을 들고 물을 한 도금 마신다.

"버스 정거장 옆이지? 칙칙한 핑크색 건물 일 층 모퉁이에 있고."

"그래그래. 거기서 일하고 있어."

나는 빵을 뜯어 입에 넣었다.

이렇게 다카시와 식사를 하다니, 이상한 느낌이었다. 고등학생 때만 해도 이렇게 둘이서 음식점에 들어간 일이 없었고, 도쿄에서도 역시 그랬다.

"미국인 보이 프렌드는 어떻게 알게 됐는데?"

다카시가 물어, 나는 가능한 한 불필요한 말을 피해 설명했다. 물론 아무것도 숨기지는 않았지만. 밀라노로 돌아와서 한동안 다니엘라의 집에서 지냈다는 것, 일을 찾고 아파트를 빌리고, 마침 그때

가게 손님이었던 마빈을 만났다는 것.

"유혹에 넘어간 것이로군."

다카시가 말하자, 나는 농담 비슷하게 뭐 그런 셈이지, 라고 대답했다. 피식피식 웃음이 사그라들자, 기묘한 침묵이 찾아들었다.

"마빈은 성실한 사람이야."

창밖을 보면서 내가 말했다. 녹색 피아트가 좁은 장소에 노상 주차하려 한다.

"성실하고, 온화하고, 지적인 사람이야."

다카시는 아무 대꾸도 하지 않았다.

"후식 먹을래? 다니엘라는 여기 크레페를 마약처럼 좋아하는데."

나는 말하고, 한 손을 들어 웨이터에게 신호를 보냈다.

가로수길을 나란히 걸었다. 입속이 짙은 커피 향으로 가득하다.

"이다음은?"

"저녁때 마빈과 만나기로 했어. 그때까지 도서관에 가 있지, 뭐."

가로수 한 그루 한 그루의 풍성한 녹음이 구름진 하늘을 배경으로 똑바로 서 있다. 퇴색한 회색 벽이 이어진다.

"준세이하고는 그때 헤어지고 끝이야?"

앞을 향한 채 다카시가 물었다.

"그때라니?"

고개를 숙이고 되묻는다. 나는 나의 갈색 가죽 구두와, 전혀 닦지 않은 듯한 다카시의 검정 부츠 코를 본다. 그때라니 언제를 말하는 것일까. 다카시는 대체 어떤 '그때'를 알고 있는 것일까.

"못 만났어. 졸업하고 나서는."

우리는 헤어졌다. 졸업식 조금 전에, 지독한 말다툼을 한 끝에.

"지금 어디에 있는지도?"

"응, 몰라."

나는 말하고, 애써 가볍게 미소 지었다.

"벌써 옛날 일이잖아. 학생 시절 때 사랑인데, 뭐."

길은 완만한 오르막길로 바뀌고, 대형 저택들이 이어진다. 담 위에는 거뭇거뭇 더러운 고양이. 더럽지만, 눈은 예뻤다.

"무슨 일, 있었어?"

나직한 목소리로 다카시가 물었다.

"그렇게 사이가 좋았는데, 무슨 일 있었어?"

나는 멈춰 서서, 다카시의 얼굴을 보고 눈썹을 치켜올렸다.

"지금 무슨 인터뷰하는 거야?"

다카시는 웃지 않았다.

"잊어버렸어. 벌써 옛날 일인걸, 뭐."

할 수 없이 나는 말하고 다시 걷기 시작했지만, 그렇게 사이가 좋았는데, 란 말이 가슴을 흔들었다. 그렇게 사이가 좋았는데, 그렇게 사이가 좋았는데, 라고 몇 번이나 제멋대로 반복되는 성가신 말에, 맥없이 동요하고 말았다.

다카시는 더 이상 아무것도 묻지 않았다.

도저히 독서에 열중할 수 없었다. 도서관 남쪽, 커다란 책상 구석

자리에 앉아 나는 멍하니 실내를 보고 있다. 천장까지 닿는 서가, 세워져 있는 짙은 밤색 사닥다리, 무수한 책의 등표지.

다카시에게서 도쿄 냄새가 났다. 딱히 어디가 어떻다고는 할 수 없지만 손과 발과 분위기와, 다카시의 동작 하나하나가 내게 도쿄를 떠올리게 한다. 우리 세 명이 '외국에서 온 특별한 학생'이었을 때, 또는 일본이란 나라의 불온한 평화로움에 젖어 아이덴티티를 잃어가고 있을 때.

나는 책을 덮고, 밖으로 나갔다. 주차장을 가로질러 지하철역으로 향한다.

아가타 쥰세이는, 내 인생에서 절대로 사라지지 않는 터무니없는 무엇이다. 그와 나 사이에 있었던 일은 먼 옛날 학생 시절의 사랑으로 끝나지 않는 무엇이다.

나는 걸음을 재촉했다. 약국 진열장에 물장구를 치는 작은 새와 안경 세척기가 장식되어 있다.

— 용케도 이런 데서 꼼짝 않고 있네.

그 시절 도서관에서 책을 읽고 있으면, 언제나 쥰세이가 찾아와 나를 밖으로 데리고 나갔다.

— 그렇게 햇볕을 안 쏘이면 곰팡이 슬어.

승마장 뒤편을 함께 걸었다. 캠퍼스가 넓은 대학이었다.

— Book worm(책벌레).

쥰세이가 그렇게 말하면 나는 웃었다

— 이탈리아에서도 그런 소리 들었어

나는 학교 옆에 있는 아파트에서 살고 있었는데, 아파트라고 해야 이 층짜리 목조 주택 — 바깥쪽에 계단이 있고, 계단도 벽도 모든 것이 하얀 — 이고, 일 층과 이 층에 학생이 한 명씩밖에 살지 않는 렌트 하우스였지만, 쥰세이는 그 아파트를 마치 자기 집처럼 부담 없이 들락거렸다. 마음 내킬 때마다 불쑥불쑥 찾아왔다. 하기야 그건 나도 마찬가지였다. 나는 우메가오카에 있는 쥰세이의 아파트에서 얼마나 많은 시간 — 어지러울 정도로 즐겁고, 모든 감정이 응축된 농밀한 시간 — 을 보냈는지 모른다.

우리는 둘 다 열아홉 살이었고, 아직 어린아이였다. 그리고 야만적인 사랑을 했다. 야만적인, 자신의 전 존재로 서로에게 부딪치는, 과거도 미래도 미련 없이 내던지는.

쥰세이는 내가 처음으로 섹스를 한 남자는 아니었지만, 이런 식의 표현이 허용된다면, 진심으로 몸을 허락한 — 모든 것을 허락한 — 첫 남자다. 처음이고, 그리고 유일한.

어디를 가든 함께였다. 따로 떨어져 있어도 함께였다.

모든 것을 얘기했다. 어릴 때 일, 부모님, 우리 집에서 일했던 가정부. 우리는 각기 뉴욕과 밀라노라는 멀고도 먼 다른 곳에서 태어나고 자랐지만, 줄곧 서로를 찾고 있었다고 확신했고, 고독했노라고도 말했다. 그래서 가령 쥰세이가 어떤 얘기를 하든 — 중국인 가정부 이야기, 그녀에게 배웠다는 구슬픈 자장가, 뉴욕의 일본인 학교 이야기, 컵 스카우트와 보이 스카우트 이야기, 아주 어렸을 때 돌아가신 어머니, 화가인 할아버지, 열두 살 때, 혼자서 미국을 횡단

하여 로스앤젤레스까지 여행한 일—, 나는 마치 내 일처럼 들었고, 고스란히 기억에 새겨 넣었다.

나는 쥰세이의 얘기를 듣는 게 좋았다. 강변길에서, 기념 강당 앞 돌계단에서, 지하로 내려가는 도중에 있는 찻집에서, 우리들의 방에서. 쥰세이의 목소리는 부드러웠다. 누구에게든, 당황하리만큼 열정을 기울여 얘기했다. 항상 상대방을 이해시키려 했고, 그 이상으로 이해받고 싶어 했다. 그리고, 얘기를 너무 많이 했다 싶으면 갑자기 입을 꾹 다물어버리곤 했다. 말로는 다 할 수 없다는 듯, 그리고 느닷없이 나를 꽉 껴안곤 했다.

나는 쥰세이를, 헤어진 쌍둥이를 사랑하듯 사랑했다. 아무런 분별없이.

쥰세이가 그림을 좋아하여, 우리는 곧잘 미술관에 갔다. 세타가야, 쇼토, 우에노, 네즈. 좋은 전시회가 있다는 말을 듣고는 나가노와 야마나시까지 간 적도 있었다. 그림을 볼 때, 열중하고 긴장한 쥰세이의 옆얼굴.

쥰세이는 나를 모델로 스케치를 하기도 했다. 나를 종이 위에 옮겨놓는 오른손의 정확한 움직임. 나는 자신이 종이 위에 정착되는 똑같은 리듬과 속도로—사락사락 연필 소리와 함께—쥰세이 안에 정착되는 것이라고 착각하고 있었다.

—엄마에게 안겨 있는 기분이야.

내 품 안에서, 쥰세이는 종종 그런 말을 했다. 나는 묘한 기분이었다.

마빈은 아직 와 있지 않았다.

저녁나절의 페쿠는 몹시 혼잡했다. 모차르트가 낮게 흐르고, 나는 얼굴을 아는 점원이 가져다준 잔을 받아 들고 가게 안을 천천히 걸어 다녔다. 가지런히 진열되어 있는 무수한 병. 냉방이 잘되어 있고, 밝고, 청결하다.

마빈은 절대로 약속 시간에 늦지 않는다. 한 바퀴를 채 돌기 전에 등 뒤에서 풍요로운 목소리가 들렸다.

"보고 싶었어."

너무너무 좋아하는 목소리다. 나는 뒤돌아 마빈의 볼에 볼을 대고, 들고 있는 잔을 내밀었다. 화이트와인이 들어 있는 잔에 물방울이 방울방울 맺혀 있다.

"안 마셔?"

이상하다는 듯 말하고, 마빈은 두 모금에 와인을 다 마셨다.

비누 냄새 나는 마빈은 윗도리를 벗고 있고, 엷은 파란색 와이셔츠에 은 커프스를 하고 있다.

"보고 싶었어요."

마빈의 얼굴을 보고 말했다.

에스컬레이터는 항상 내가 먼저 타고, 마빈은 뒤에서 내 허리에 팔을 두른다. 머리칼에 코를 묻고 뭐라 속삭인다.

우리는 정육 매장에서 프로슈토(돼지고기를 양념하여 저장한 식품 — 옮긴이)를 사, 절반은 얇게 썰고 절반은 주사위 모양으로 썰어 달라고 했다. 쇼핑 카트에 캔맥주와 생수, 마빈이 좋아하는 망고와 안젤라가 좋아하는 크래커를 담는다.

"또 뭐?"

카트를 밀면서 마빈이 물었다. 우리는 손을 마주 잡고 식품 매장을 들여다본다.

시장을 다 보고, 물건을 뒤 트렁크에 싣고, 키스를 나누고 좌석에 앉았다. 마빈의 차 안을 메우고 있는 편안한 공기. 가로등이 켜지는 시간, 그러나 아직 밤은 아니다. 스테레오 스위치를 켜자 생상스가 흘러나왔다. 〈삼손과 데릴라〉다.

나는 운전하는 마빈의 곁에 앉기를 좋아한다. 백미러를 보는 타이밍도, 후진을 할 때 조수석 등받이에 팔을 두르는 동작도, 막 달리기 시작하면서 한 손으로 안전벨트를 매는 그 몸짓도

"오늘, 어떤 하루였어요?"

내가 묻자, 마빈은 단박에,

"일했지(Working)."

라고 대답했다.

"피곤해요?"

"No."

정말이지 조금도 피곤하지 않은 건강한 목소리로 말한다. 마빈은 절대로 우는소리를 하지 않는다.

"당신은?"

마빈이 물어, 나는

"딱히 아무 일 없었어요(Nothing)."

라고 대답했다. 딱히 아무 일도.

사온 음식을 죽 늘어놓고, 레드와인과 함께 저녁을 먹었다. 낮에 비디오로 〈일 포스티노〉를 보았다는 안젤라가 감격한 듯 줄거리를 얘기해주었다.

목욕을 하고 베란다에서 바람을 쐬고 있는데, 마빈이 아마레토를 들고 나왔다. 커다란 얼음이 빛나고 있다.

"끝났어요?"

잔을 받아 들고 물었다. 마빈은 내내 컴퓨터와 마주하고 있었다.

"음, 대충."

시원한데, 라고 말하고 눈을 가늘게 뜨고 밤공기를 음미한다.

"이 도시 좋아해요?"

나는 마빈에게 지금까지 한 번도 묻지 않았던 질문을 했다. 내 바로 뒤에 서서, 두 팔로 나를 감싸듯 난간을 잡고 있는 마빈은,

"밀라노?"

라고 되묻고는 내 얼굴을 들여다보았다. 그리고,

"물론."

이라고 대답한다.

"나의 데조로가 있으니까."

나는 살구색 실내복을 입고 있었다. 지난번 생일날 마빈이 사준 것이다.

"내가 없으면?"

나는 마빈의 왼손을 들어 올려 내 볼에 포갠다. 그리고 약간 어긋

나게 키스를 한다.

"글쎄."

마빈은 하늘을 올려다보며 얼굴을 찡그리고,

"싸늘한 회색, 울적한 도시지."

라고 결론을 내렸다.

우리는 짧은 키스를 나누고 방으로 들어가, 침대에서 뒤엉켜 서로의 온몸에 뜨겁고 긴 키스를 했다. 언제나처럼 천천히 — 마빈의 혀는 마법의 혀다 — 껴안고, 숨을 토하며 시트에서 얼굴을 내밀었을 때, 아마레토의 얼음은 다 녹아 있었다.

무서운 꿈을 꾸었다.

목소리가 온 방에 배어 있는 꿈. 모습은 보이지 않아도, 나는 목소리가 숨어 있다는 것을 안다. 온 방 구석구석에. 나는 그 방에 갇혀 있고, 밖은 회색으로 구름져 있다.

알고 있다. 창문을 열면 공원이 보일 것이다. 겨울, 마른 나뭇가지들. 긴 계단 양쪽은 매화나무 숲이고, 늙수그레한 사람들이 산책을 한다.

기다려도 쥰세이는 돌아오지 않는다. 며칠이나 잠들지 않고 기다리고 있는데. 밥도 먹지 않고 기다리고 있는데. 목소리는 웃음을 억누르고 있다.

눈을 뜨니, 식은땀을 흘리고 있었다. 체온이 높은 마빈의 몸에 다리를 휘감고 잔 탓인지도 모른다. 그런데도 파르르 몸을 떨고 있었다. 그 방은 추웠으니까.

나는 천장을 보고 누워, 잠시 꼼짝도 하지 않았다. 그리고 천천히 침대에서 내려온다. 속옷과 실내복을 입고, 면 스웨터를 걸쳐 입고, 마빈의 어깨에 타월 이불을 덮어주고 부엌으로 갔다.

불을 켜자, 부엌에서 모터가 돌아가는 나직한 소리가 들린다. 검정과 하양 바둑판 무늬 바닥. 오븐의 시계를 보니 세 시였다. 의자에 앉아 천장을 올려다본다.

"마빈."

나는 조그만 소리로 말했다. 그 목소리가 너무도 가냘퍼 나는 어쩔 줄 모르고 울고 싶어진다.

"마빈."

"마빈."

"마빈."

희미한 목소리로 몇 번이나 부르고, 한 손에 얼굴의 절반을 묻었다. 이렇게 가까운 곳에 있는데, 이렇게 별 탈 없이 생활하고 있는데.

눈을 뜨자 맨발이 보였다. 파랗게 추워 보이는 발톱. 마빈이 인형의 발이라고 부르는 작은 발이다.

날이 밝으면 페디큐어를 발라야지, 하고 생각한다. 나는 머리칼을 그러 올리고, 일어나 식기 선반을 열었다. 직경이 십오 센티미터쯤 되는 커다란 유리병을 꺼낸다. 입이 넓은 파스타용 병으로 하얀 뚜껑이 덮여 있다. 와인의 코르크 마개를 넣어두었다. 코르크 마개는 병의 삼 분의 일가량을 채우고 있고, 흔들면 타닥타닥 소리가 난다. 나는 병뚜껑을 열고, 코르크 마개를 하나하나 테이블에 늘어놓았다.

아오이에게. 사랑을 담아(To my AOI with love).

아오이에게. 당신의 생일날(To my AOI on your birthday).

아오이에게(Dear AOI). 1995. 11. 2.

코르크 마개 하나하나에는 마빈의 동글동글한 글자가 쓰여 있다. 둘이서 특별한 식사를 할 때마다, 주머니에서 볼펜을 꺼내 쓴 것이다.

아오이에게. 마빈(To AOI. Marvin).

백만 번의 키스를 담아(With millions of kisses).

아오이에게(To AOI). 1996, 크리스마스

나는 그것들을 하나하나 읽고, 간간이 코끝에 대고 냄새를 맡아본다. 코르크에서 이미 와인 냄새는 사라져 없고, 그저 건조하고 부드러운 냄새가 날 뿐이다.

아오이에게(To my AOI). 1996. 6. 20.

아오이에게. 페스타 델라 돈나에(To AOI. Festa Della donna).

아오이에게. 사랑을 담아, 마빈이(To AOI. From Marvin with Love).

이탈리아어로 쓰인 것도 있다.

데조로에게.

나의 조이아에게.

마빈과 함께한 행복한 시간들, 그 순간순간의 와인. 읽으면서 나는 도쿄를 밀어낸다. 가슴 깊은 어둠 속에서.

아오이에게. 마빈(To AOI. Marvin).

아오이에게. 새해 복 많이 받기를(To AOI. Happy new year).

내 사랑 아오이에게(To my AOI Much Love).

눈을 감고 가는 숨을 내쉰다. 코르크 마개를 다시 병에 담고, 뜨껑을 꼭 닫아 선반에 올려놓는다.

아가타 쥰세이는 과거다.

어깨까지 닿는 머리칼도, 단정한 콧날도, 나를 지그시 쳐다보는 투명한 눈도.

나는 물을 마시고, 부엌의 불을 껐다. 그리고 마빈이 잠자고 있는 침실로 돌아간다.

6

Il Vento Autunnale

가을바람

색깔 없는 욕실 창문으로, 역시 색깔 없는 거리가 보인다. 욕조 안은 따뜻하고, 나는 따뜻한 물속에서 손발을 흔들흔들 움직인다. 물도, 공기도, 창밖도, 모두 같은 색과 질감으로 느껴지는 것은 저녁때이기 때문일까.

저녁에 하는 목욕은 정말 나른하다. 나른하고 무위하다.

쥰세이는 무위를 싫어했다. 아무것도 하지 않는 것, 아무것도 되지 않는 것.

마치 엄마가 잠시 한눈을 팔면 무슨 짓을 할지 모르는 다섯 살 꼬맹이처럼, 쥰세이는 항상 무언가를 찾고 있었다. 쥰세이의 그 열정. 한결같음. 그리고 행동력.

쥰세이는 잠시도 가만히 있지 않는다. 웃는다. 떠든다. 걷는다. 생각한다. 먹는다. 그린다. 찾는다. 쳐다본다. 달린다. 노래한다. 그런다. 배운다.

쥰세이는 동사의 보고였다. 만진다. 사랑한다. 가르친다. 외출한다. 본다. 사랑한다. 느낀다. 슬퍼한다. 사랑한다. 화를 낸다. 사랑한다. 사랑한다. 더욱 사랑한다. 운다. 상처 입는다. 상처 입힌다.

나는 욕조 테두리에 머리를 얹고 하얀 벽과 하얀 천장을 바라본다.

다카시는 아침 비행기를 탄다고 했다. 오늘 아침 비행기를 타고 도쿄로 돌아간다고.

— 돌아가고 싶지 않지?

내가 묻자, 다카시는 호탕하게 웃으며,

— 그래.

라고 대답했다.

— 그래, 지금은 여기가 나의 홈 타운이니까.

나는 팔을 들어 올려본다. 수면을 떠날 때, 순간 물에서 강한 저항감을 느꼈다. 찰싹, 하는 소리를 내고 팔이 머리 옆으로 올라간다.

지금쯤 러시아의 상공을 날고 있을까. 나는 창밖, 구름진 저녁 하늘을 보았다.

아무것도 하지 않고, 아무것도 되지 않는 나날. 그래서 뭐가 안 된다는 건데(What's wrong with that)? 마빈은 틀림없이 그렇게 말할 것이다. 게으름, 무위. 그러면 왜 안 된다는 건데?

나는 저녁나절에 하는 목욕이 성격에 맞는다. 조용하고 차분하고 색깔 없는 이 집의 욕실이.

다카시에게서는 도쿄 냄새가 났다.

목욕을 다 하고, 소다수에 엷게 섞은 아마레토를 들고 베란다에 나가 마셨다. 하늘은 온통 구름이 껴 회색인데, 빛 한 줄기 없는데, 그런데도 언제까지고 어두워지지 않는 밀라노의 여름 공기.

어제저녁, 다카시를 저녁 식사에 초대했다. 마빈이 몹시 만나고 싶어 했기 때문이다.

다카시는 완벽한 손님이었다. 약속 시간에 이 분 늦게 찾아와, 화사하고 친밀한 태도로 안젤라와 인사를 나눈 후 웃는 얼굴로 마빈과 악수를 나누고, 내게는 여섯 캔짜리 맥주 팩을 건넸다. 식사 전부터 시작해 레드와인 두 병을 비웠고, 식사가 끝날 때까지 마빈에게 전혀 뒤지지 않는 술 실력을 보여주었고, 내내 웃는 얼굴로 말도 많이 했다. 불교에 관한 안젤라의 ― 그저 평범하고 때로는 빗나가기도 하지만 호기심만은 충만한 ― 질문에도 일일이 정중하고 성실하고 간결하게 대답해주었다.

마빈이 페쿠에 들러 사다준 프로슈트를 먹은 후, 파스타와 야채와 생선 요리를 내놓았다. 다카시는 접시를 모두 깨끗하게 비웠다. 과거, 쥰세이의 아파트에서 내가 만든 것을 늘 그렇게 먹었듯이.

― 아오이에 관해서 좀 들려주었으던 좋겠군. 내가 모르는, 옛날의 아오이에 대해서 말이야.

마빈이 그렇게 말했을 때, 다카시는 잠시 생각하더니,

― 처음에는 잘 웃지 않는 애였습니다.

라고 대답했다.

— 그런데 금방 친해졌어요. 그 무렵 밀라노의 일본인 학교는 생긴 지가 얼마 안 돼서 규모도 조그맣고 화기애애한 분위기였거든요.

정확하게 떠올려, 반듯하게 정리해서 얘기했다.

— 교정에 살구나무가 있었는데, 봄이 되면 거기만 넘쳐날 듯 하얀 꽃이 피었죠.

— 수세미도 키웠잖아. 자연 시간에.

나도 생각나 말했다.

— 창고 같은 음악실, 기억나?

기억은 조그맣지만 투명한 개울물처럼, 조심스럽게 우리들의 식탁을 흘렀다. 교감 선생님과 아침 청소 얘기를 하자, 마빈도 안젤라도 눈을 동그랗게 뜨고 놀랐다.

— 다카시는 몸집도 작아서, 지금 모습으로는 상상도 할 수 없을 만큼 작아서, 스웨터나 코트나 늘 헐렁헐렁했어요.

— 아오이가 오히려 키가 컸지.

꽤나 먼 옛날 일이다.

— 고등학생 때, 아오이는 우등생이었어요.

다카시가 말하자, 그랬겠지, 라고 마빈이 대꾸했다.

— 이제야 겨우 내가 알고 있는 아오이에 접근했군.

안젤라는 어이가 없다는 듯 고개를 으쓱한다.

고등학생 시절, 우리는 그저 철없이 명랑했다. 학교 식당의 샌드위치, 주말의 밤이면 몰려 나갔던 산바빌라 광장.

— 재미있었나 보군.

마빈이 말하고, 그 말이 너무도 자연스러운 애정에 넘쳐흘러, 나는 문득 쓸쓸해졌다.

— 재미있었어요.

쓸쓸함을 지우듯 대답했다.

모두들 신나게 마시고, 한껏 먹었다. 식후에 먹으려고 젤라토를 몇 종류나 사다놓았는데, 네 사람 다 배가 부르다며 아무도 먹으려 하지 않았다.

— 도쿄에서의 아오이는?

마빈이 느닷없이 그렇게 물은 것은, 자리를 거실로 옮긴 후였다.

— 도쿄 얘기도 듣고 싶은데. 같은 대학에 다녔잖아?

나직한, 그러나 의지가 담긴 목소리로 마빈이 말했다. 순간 모두, 안젤라까지도 침묵했다.

— 도쿄에는 가보신 적 있습니까?

다카시가 밝은 목소리로 묻자 마빈은 노, 라고 대답했다.

— 한 번은 가보고 싶은데 말이지.

— 흥미로운 도시일 것 같아.

안젤라가 금방 반응했다.

— 아, 가보고 싶다. 텔레비전에서 한번 봤는데. 아사쿠사? 그런 곳을 보여주더군. 커다란 냄비에서 김이 무럭무럭 올라오고, 사람들은 웅성거리고. 무슨 종교적인 의식이 아닐까 싶은데.

다카시가 싱긋 웃으며 맞장구를 치고,

— 안내하지요.

라고 덧붙였다.

— 같은 도쿄라도 학교는 아주 조용한 곳에 있어서, 공부하기에는 좋은 환경이었죠.

— 대학에서는 다카시가 우등생이었어요.

나는 말했다.

— 아오이는 처음 한동안은 약간 고립되어 있었죠. 어울리기 싫다, 그런 표정이었습니다. 혼자 있고 싶다고 얼굴에 쓰여 있는 것 같았죠.

다카시의 농담조에 마빈은 미소 지으며, 알 만하군, 이라고 대꾸했다.

— 저는 아오이보다 먼저, 고등학교를 다니다가 갔기 때문에, 그 무렵에는 완전히 적응한 상태였지만.

다카시가 말을 끊자, 나는 밀려오는 기억의 파도에 휩쓸리지 않도록 열심히 현실을 붙잡았다. 지금 밀라노의, 마빈의 아파트에서, 쾌적하게 냉방된 거실 소파에 앉아 있다는 현실을.

물론, 이라며 다카시가 말을 이었다.

— 물론, 아오이도 금방 친구들과 어울리게 되었죠(걱정 마, 란 뜻으로 다카시는 엄지 손가락을 세워 보였다). 재미있었습니다, 대학 생활도.

친구? 나는 아이로니컬한 기분에 슬며시 웃었다. 친구? 그렇다. 나는 오직 한 사람의 친구와 무모하도록 어울렸다. 광폭할 정도로.

기묘한 저녁 식사였다.

베란다에서 저녁 바람을 맞으면서 나는 잔을 흔들었다. 얼음이 부딪쳐 카랑카랑 시원한 소리를 낸다. 아마레토 소다는 녹은 얼음 탓에 점점 더 엷어지고, 지금은 거의 물 같다. 맥 빠진 탄산수.

괜찮아. 나는 자신에게 말한다. 다카시는 이제 가버렸어.

— 잘 지내.

어젯밤 현관에서, 다카시는 그렇게 말했다. 나를 가볍게 포옹하고 상큼하게 웃는 얼굴로.

— 다카시도.

내가 말하자 다카시는 싱긋 고개를 끄덕이고, 그리고,

— 좋은 사람들이야.

라고 말했다. 일본말로. 좋은 사람들이라고.

— 즐거웠어.

그리고, 다카시는 가버렸다.

나는 방으로 들어와 카디건을 걸치고, 남은 아마레토를 싱크대에 부어버렸다. 거울에 비친 내 얼굴을 본다. 괜찮아. 다시 한 번 생각했다. 이제 여기에는 내게 도쿄를 떠올리게 할 아무도 없다.

부엌에 가서 책을 읽으면서, 야채와 닭고기를 섞어 찜을 만들었다. 닭고기는 마빈이 좋아하는 것이다.

다음 날은 맑게 개었다.

나는 평소처럼 도서관에 들렀다가 출근했다. 알베르토는 벌써 공방에서 작업을 하고 있었다. 함께 커피를 마셨다. 환한 공방과, 청결하고 어딘가 클래식한 약품 냄새. 거품이 떠 있는 밀크 커피를 마시면서 나는 알베르토의 수작업을 바라본다. 라디오에서 나지막이 흘러나오는 가련한 노랫소리는 최근에 유행하는 자매 듀오의 것이다.

"여기 있으면 마음이 차분해져요."

내가 말하자 알베르토는 고개를 들고 미소 지으며,

"Sì."

라고 말한다.

9월이 되었는데도, 밀라노답지 않게 좋은 날씨가 계속되고 있다.

일이 바빠서 결국 여름휴가를 내지 못한 마빈을 그냥 놔두고 둘이서 잠시 여행을 다녀오자고 안젤라가 제안했다. 마빈은 처음에는 썩 내키지 않는 표정이었다.

"혼자 여행하는 게 좋다고 했잖아."

마빈이 다소 강경하게 말하고,

"그런데 왜 아오이를 데리고 가겠다는 거야?"

라고 거의 화난 듯이 힐문한다.

"마빈."

제지하는 나의 말도 아랑곳하지 않고, 끝내 나에게,

"잘 들어, 아오이. 당신이 굳이 안젤라를 상대할 필요는 없으니까."

라는 말을 했다.

"마빈."

세 번째로 이름을 부르자, 겨우,

"뭐지(What)?"

란 대답을 들은 나는 간결하게,

"갈래요."

라고 대답했다.

"상관없잖아, 마빈. 너 휴가에 맞추려고 비축해둔 휴가도 있고 하니까."

마빈은 두 손을 가볍게 들어 올렸다.

"마빈, 아무도 너의 스위트 하트를 뺏어가지 않아. 잠시 빌리는 것뿐이라구."

안젤라가 기가 막힌다는 표정으로 말했다. 나는,

"누나 말이 맞아요."

라고 말하고 마빈의 볼에 키스했다.

출발하기 전날 밤, 섹스를 한 후에 마빈은 언제까지고 나를 품 안에 안고 있으려 했다.

"잠깐 샤워하고 올게요."

그렇게 말해도 놔주지 않았다.

"가게 해줄 것 같아?"

두 팔에 힘을 준 채 묻는다. 체온이 높은 마빈.

"숨 막혀요."

얼굴이 마빈의 가슴에 파묻혀 있어, 그의 표정은 볼 수 없었다.

"제발 어디 멀리 가지 말아줘."

우람한 팔에 더욱 힘을 주고 그렇게 말하는 마빈의 목소리가 조용하지만 감정적이고 몹시 불안하게 들렸다. 어디 멀리, 란 말이 안젤라와의 여행을 뜻하지 않는다는 것은 알고 있었다. 마빈이나 나나.

"놔요."

가능한 한 가볍게 말했다. 마빈은 두려워하고 있다. 나는 그런 마빈이 견딜 수 없다. 하지만 나는 그를 안심시켜줄 수가 없다. 아무 데도 안 가니까 안심하라고, 늘 당신 곁에 있을 테니까 걱정 말라고, 나는 마빈에게 말해줄 수가 없다.

빨간 여행 가방에 짐을 쌌다. 우리가 사귄 지 얼마 안 되어 마빈이 선물해준 것이다.

그때까지 사용했던 검은 양가죽 가방은 벽장 속에 처박혀 있다. 몇몇 잡동사니와 함께. 마빈을 만나기 전의 나에 관련된 것은 이제 그 정도밖에 없다. 간직하기가 싫은 것이다. 내게 관련된 모든 것이 싫다.

아침을 먹고, 짐은 마빈이 차에 실어주었다. 화창한 아침이었고, 마빈은 여느 때와 다름없는 마빈으로 돌아와 있었다.

"겨울 휴가는 넉넉하게 즐기자구. 북구에서 스키도 타고. 그리고 크리스마스는 미국에서 지내고."

마빈이 그렇게 말했다.

"도착하면 전화할게요."

우리는 키스를 나누고, 눈부시도록 환하게 갠 밖으로 나간다.

쾌적한 드라이브였다. 한 시간 남짓 걸려 루가노에 도착했다. 국경을 넘자, 거리의 분위기가 너무 청결해서 안젤라가 놀란다.

"멋지다."

조수석에서 환성을 지르는 안젤라는, 조그만 얼굴에 선글라스를 끼고 질끈 묶은 머리는 바람에 휘날려 1950년대의 미국 여자 같다. 깨끗한 파란색 사브리나 팬츠를 입고 있다.

애인의 누나와 여행을 하면서 행선지를 스위스로 택한 것은, 물론 그녀가 '공기 맑은 컨트리 사이드가 좋겠다'고 한 까닭도 있지만, 내 자신이 단조로울 정도로 풍요로운 이 자연과 눈이 시리도록 투명한 그 색채를 원했기 때문인지도 모르겠다고, 널찍한 고속도로를 달리며 생각했다.

시내는 사람들로 혼잡했다. 늦은 휴가이기는 해도 아직은 관광 시즌인 것이다. 우리는 마빈이 예약해준 호텔 — 언덕 위의 조그만 빌라. 창문으로 알프스와 루가노 호수가 보이는 — 에 체크인을 하고, 일 층 식당에서 점심을 먹고 산책하러 나가기로 했다. 호텔은 휑하고 조용하다. 숙박자 카드에 사인하면서, 불쑥 안젤라가, "같이 와줘서 고마워"라고 말했다.

밤에는 케이블카를 타고 산살바토레에 올라가 야경을 보면서 저녁을 먹었다.

다음 날은 로카르노로 이동했다. 루가노보다 약간 시끌시끌한 관광지다. 안젤라는 생수병을 손에 들고 기념품 가게를 하나하나 들여다본다.

"낯선 땅에 오면 막 힘이 솟아. 이해할 수 있지?"

그런 말을 했다. 우리는 비스콘티 성을 견학하고, 그란데 광장을 지나 마조레 호(湖)까지 걸었다.

안젤라는 같이 여행하기에 전혀 부족함이 없는 상대였다. 적당히 정력적이고, 적당히 권태로워한다.

나는 매일 한 장씩 엽서를 썼다. 첫날은 마빈에게, 둘째 날은 다니엘라에게, 셋째 날은 페데리카에게, 그다음은 지나와 파올라에게.

로카르노 다음으로 우리는 첸토발리에서 도모도솔라까지 갔다. 스위스라고 하면 다들 상상하는, 사랑스럽고 조금은 따분한 강변 마을. 마빈에게서는 매일 밤 전화가 걸려왔다. 날씨가 좋아, 선글라스와 머플러의 저항도 허망하게 나나 안젤라나 햇볕에 많이 탔다.

육 일째, 우리는 다시 루가노로 돌아왔다. 같은 빌라의, 같은 방이다. 마빈이 보낸 메시지와 꽃다발과 과일이 우리를 맞아주었다.

여행 어땠어?

빨리 만나고 싶다.

사랑해.

—마빈

"보고 싶어, 마빈?"

해 질 녘, 이 층 테라스에서 진토닉을 마시면서 안젤라가 물었다.

호수에 떠 있는 요트와 그 너머로 푸릇푸릇한 산이 보이고, 울창한 숲에서 불어오는 바람이 한없이 부드럽게 볼을 스치고 지나간다.

"보고 싶어요."

나는 솔직하게 대답했다. 예쁜 빨간색 스프만테 프라고라(거품이 있는 과일주 — 옮긴이)를, 미지근해지기 전에 꿀꺽 삼켰다.

"마빈은 진심이야."

호수를 바라보며 안젤라가 말했다. 마빈과 똑같은 깊은 갈색 눈동자. 옆얼굴이 조금 피로해 보였다.

"나, 이제 슬슬 돌아가야 할까 봐."

대꾸할 순간을 놓치고 말았다.

"돌아가다니, 미국으로요?"

안젤라는 양팔을 벌리고, 허리에 힘을 빼며 너스레를 떨었다.

"달리 돌아갈 데가 어디 있겠어?"

웨이터를 불러 올리브를 주문했다.

"마냥 여기 있을 수는 없잖아."

우리는 잠시 침묵하고 각자의 생각을 더듬었다.

"왜 이혼했는데요?"

줄곧 묻고 싶었던 것을 물었다. 안젤라는 내 얼굴을 보고, 웨이터가 가져다준 올리브를 집어 먹으며, "내내 싸움만 했어"라고 말했다.

"아침이고 밤이고 할 것 없이 얼굴만 마주쳤다 하면 악을 쓰고 욕지거리를 해대고. 그 인간은 폭력도 휘들렀어."

내가 얼굴을 찡그리자, 안젤라는 웃으며, "하기야 피차 마찬가지였지만"이라 말하고 코를 찡그렸다.

"미치광이, 짐승이야."

일곱 시가 지났는데도 어두워지지 않았다.

"그럼, 결혼은 왜?"

내 질문에 안젤라는 산 쪽을 본 채 분명하게, "사랑했으니까"라고 대답했다.

"홀딱 빠졌더랬어(I was so in love with him)."

아이 워즈 소 인 러브 위드 힘. 안젤라는 'so'를 극단적으로 강조하며 그렇게 말했다.

"보고 싶어질 거예요(I'm gonna miss you)."

내가 말하자, 안젤라는 고개를 숙이고 미소 지었다.

밀라노에는 안개비가 내리고 있었다. 불과 일주일 떠나 있는 사이에 거리가 초가을 분위기로 물들어 있었다.

"아, 밀라노 냄새!"

차창을 열고, 안젤라가 감격스럽다는 듯 말했다.

"이 우울한 색채!"

우리는 마주 보고 키득키득 웃는다.

마빈은 오후 일을 일찍 끝내고 돌아왔다. 황홀하고 길고 열정적인 키스를 하고(우리가 간신히 몸을 떼었을 때, 안젤라는 양손을 허리에 대고 어이가 없다는 표정으로 고개를 절레절레 흔들었다), 거실에서 셋이 차를 마셨다.

"보고 싶었어."

마빈이 몇 번이나 그렇게 말했다.

"나도 보고 싶었어요."

그때마다 나도 몇 번이나 그렇게 대답했다. 진심이었다.

다음 날은 쉬는 날이어서 하루 종일 독서와 목욕으로 지냈다. 나의 일상. 아무것도 하지 않는, 아무것도 이루지 않는.

비가 내려, 욕실 창문으로 싸늘하고 가는 빗줄기와 비에 젖은 길과 나무와 노상에 주차되어 있는 차들이 보인다.

아이 워즈 소 인 러브 위드 힘.

안젤라의 말이 잊히지 않았다.

'I was so in love with him.'

목욕을 끝내고 나는 목욕 타월만 감은 모습으로 마빈의 사무실에 전화를 걸었다.

"그냥 목소리가 좀 듣고 싶어서요."

내가 말하자, 전화선 너머에서 마빈이 피식 웃는 듯했다.

"가능한 한 빨리 돌아갈게."

마치 진자 같다.

암담한 기분으로 그렇게 생각했다.

한쪽으로 흔들리면 반드시 다른 한쪽으로도 흔들린다. 도망치는 것처럼. 진폭을 회복하려는 듯이. 운동에는 끝이 없다, 는 절망적인 사실을 가르쳐준 것은 인터내셔널 스쿨의 물리 선생이었다.

나는 옷을 입고 빗소리가 들리지 않을 만큼의 볼륨으로 구노의

〈파우스트〉를 튼다. 음악이 천천히 방 안을 메운다.

그다음 주, 오랜만에 다니엘라와 점심을 같이했다.

오전 중에 나는 도서관에 들렀고, 산타 마리아 델레 그라치에 성당의 정원에서 잠시 책을 읽었다. 가을답게 기온이 낮고 하늘에는 구름이 끼어 있었다. 이런 날에는 늘 그렇듯, 회벽과 벽돌로 된 쿠폴라가 평소보다 다소 크게 보였다.

그림이 있는 식당으로 통하는 문 앞에는 오늘 아침에도 관광객들이 길게 줄을 서 있었다. 그 줄 사이를 헤치고, 나는 성당 쪽 문을 통해 안으로 들어갔다. 그 순간 정겨운 냄새를 맡은 듯한 기분이 들었다. 아주아주 정겨운, 믿을 수 없을 정도로 익숙한, 냄새라기보다 공기였다. 쥰세이의 냄새. 또는 그 시절의 우리들 냄새.

줄지어 있는 사람들 속에 일본인이 섞여 있는 탓이었으리라. 나는 이 초간 눈을 감았다. 착각이라도 상관없었다. 착각이라도 전혀 상관없으니, 이렇게 잠시만이라도 그 냄새를 느끼고 싶었다. 그러나 눈을 감자 오가는 자동차들 소리가 선명해지고, 늘 걷는 이 거리의 아침 공기 — 배기가스와 차가운 디딤돌 냄새가 섞인 듯한 — 가 흘러들어왔을 뿐이었다.

나는 책을 덮고, 거뭇거뭇한 하늘을 올려다본다. 약속 시간까지는 아직 삼십 분 정도 여유가 있었다.

다니엘라는 장미꽃 봉오리처럼 따스하고 행복해 보였다. 우리는 타베루나(주점식 식당 — 옮긴이) 비스콘티의 일 층 비스트로에서 만나 샐러드를 듬뿍 먹었다.

"또 도서관에 들렀다 왔니?"

내가 갖고 있는 책에 눈길을 멈추고 다니엘라가 말한다. 내가 Sì, 라고 짧게 대답하자, 다니엘라는 눈으로만 환하게 웃었다.

"비가 내릴 것 같다."

모스그린과 노랑과 검정을 기조로 한 모자이크 타일 테이블에 턱을 괴고 말한다.

"독서하기에 좋은 날씨잖아."

내가 농담 비슷하게 대답하자, 다니엘라는 목을 움츠리고는, "변하지 않는다는 것은 하나의 매력이지"라고 말한다.

"변한다는 것도."

조그만 새우를 포크로 찍어 입에 넣으며 내가 말했다. 내년 봄에 있을 결혼식을 앞두고 신혼 살림집 구하랴, 초대장 작성하랴, 드레스 고르기에 마사지까지, 다니엘라는 하루하루를 바쁘게 살고 있는 것 같았다. 안젤라와 스위스로 여행 갔던 얘기를 하자,

"하지만 잘됐다, 눌러 있지 않아서."

라고 말했다.

이 가게는 값은 좀 비싸지만 분위기가 차분하고 음식 맛도 좋아서 늘 손님으로 북적거린다. 나는 눈앞에 있는 친구의 갈색 머리와 하얀 피부, 통통한 손과 약지에 끼고 있는 반지를 바라본다. 수정은 다니엘라의 탄생석이다. 매끄럽게 세공된 큼지막한 보석이 그녀에게 정말 잘 어울렸다. 사랑받고 있다는 증거로서의 보석.

"나는 여기 초콜릿 케이크를 루카만큼이나 좋아하는데, 지금은 몸무게가 더 이상 불어나면 안 되니까, 유감스럽지만 포기해야겠네."

정말 아쉽다는 듯 다니엘라가 말한다.

여행에서 돌아온 이후로 늘 거뭇거뭇했던 하늘이 금요일이 되자 겨우 맑게 개었다. 오후, 안젤라가 쇼핑을 하는 데 따라갔다. 애인의 누나는 월요일이면 귀국한다.

몬테 나폴레오네 거리에서 브레라를 돌아, 두오모 광장에 도착했을 무렵에는 커다란 쇼핑백을 세 개나 들고 있었다.

"쇼핑은 너무 신나."

기쁜 듯이 웃으며 안젤라가 말한다. 10월인데도 돌아다니면 땀이 돋을 정도로 따뜻한 날씨다. 부티크의 쇼윈도는 벌써 겨울 차림이었다.

"고르는 게 재밌어."

그렇게 말하며 나와 마빈의 스웨터도 사주었다.

"날씨 참 좋다."

미술관의 벽에 기대어, 이마 위로 올린 선글라스 너머로 파란 하늘을 올려다보며 안젤라가 말한다. 날씨도 한몫해서 광장은 관광객들로 붐비고 있다. 우리는 매점에서 사이다를 샀다.

"비둘기가 굉장하네. 기사가 불쌍할 정도야."

기사란, 말을 타고 있는 비토리오 에마누엘레 2세의 조각상이다.

"정말 그렇네요."

나는 대답하고, 한 손을 눈 위로 올려 햇볕을 가렸다.

"마빈은 좋은 사람이긴 하지만."

거대하고 장엄한 두오모의 대성당을 올려다보면서 안젤라가 말했다.

"좋은 사람이라고 해서 사랑할 수 있는 건 아니겠지."

나는 그녀가 무슨 말을 하고 싶은 것인지 몰라 당황했다.

"하지만, 상관없어."

안젤라가 말을 계속한다.

"나도 아오이 씨가 좋아졌고."

미술관에서 단체 손님이 나와, 우리는 그들에게 방해가 되지 않도록 발치에 놓아둔 쇼핑백의 자리를 옮겼다.

"하지만, 난 마빈을 사랑하고 있어요."

바람이 세게 불어왔다.

"그렇겠지(maybe)."

안젤라는 말하고, 사이다가 들어 있던 종이컵을 쓰레기통에 버렸다.

"가자. 프라다에 들르고 싶어."

단체 손님 중 한 명의 모자가 바람에 날려, 몇 명이서 그것을 쫓았다. 비둘기가 일제히 날아오르고, 시보가 울렸다. 우리는 미술관을 빠져나와 마저 쇼핑을 하기 위해 스카라 쪽으로 갔다.

"크리스마스 때는 우리, 뉴욕에서 쇼핑해."

안젤라가 말했다.

7

L'ombra Grigia

회색 그림자

삼 개월째까지는 전혀 체형이 변하지 않는다. 하지만 비칠 듯 투명한 하얀 피부에 불그레 볼이 달아오른 다니엘라의 배 속에는 루카의 아이가 있다. 모두가 축복하며 기다리는 아기가.

"오랜만이다."

한 손으로 웨이터에게 신호를 보내며 다니엘라가 내 바로 앞에 앉았다.

"축하해."

내가 말하자, 다니엘라는 살짝 고개를 숙이며 미소 짓고는,

"고마워."

라고 대답했다. 가느다란 금색 목걸이, 같은 금색 결혼반지.

지난주 임신했다는 소식을 전화로 들었다. 루카는 '도저히 제정신이라고는 여겨지지 않을 만큼 기뻐하며' 다니엘라의 배에 손

을 대고는 '아직 눈도 귀도 없는 생명체에 지나지 않는' 아기에게 — 소용없다는 다니엘라의 말 따위는 들은 척도 하지 않고 — 말을 건다고 한다.

"그래서, 기분이 어때?"

커피를 마시면서 나는 물었다. 산탄 브로즈는 적당히 붐비고 있었고, 우리는 옆으로 나란히 앉아 창밖을 바라보고 있었다.

"굉장히 좋아."

감정을 담아 다니엘라가 대답했다.

다니엘라의 결혼식은 잊을 수 없다. 봄이었고, 하얀 드레스를 입은 나의 친구는 꽃처럼 사랑스러웠다. 성당에서 식을 올린 후 다니엘라의 집에서 파티가 있었다. 신랑 신부는 물론 부모님도, 친척도, 친구들도 모두모두 웃는 얼굴이었다. 날씨까지 화창하고 따뜻해서 더없이 신나는 오후였다.

요리는 다니엘라의 엄마와 할머니가 손수 만들었다. 격조 있는 베이비핑크색 크림을 바른 케이크는 다니엘라가 만들었다고 한다. 남동생이 몇 곡이나 피아노를 연주해주었다.

다니엘라의 집에 가기는 참 오랜만이었다. 오래고 아름다운 석조 건물. 정원에 중국제인 듯한 파란 항아리가 놓여 있어, 어렸을 적, 나는 놀러 갈 때마다 그것을 흥미롭게 바라보곤 했는데, 여전히 같은 자리에 놓여 있었다.

나는 루카의 어머니의 볼에는 루카가, 아버지의 볼에는 다니엘라가 각각 양쪽에서 키스하는 사진을 찍어주었다. 다니엘라는 드레스를 입은 채 거실과 정원 사이를 오갔고, 행복이 넘쳐흐르는 얼굴에는 웃음이 빛났다.

마빈은 내내 깍듯하게 예의를 차리고 있었지만, 가족 간의 결속이 단단한 이탈리아식 결혼에 다소 거북함을 느끼는 듯했다.

— 눈이 부셔(Dazzling).

정원에서 이마에 손을 얹고 몇 번이나 그렇게 말했다. 영어를 할 줄 아는 사람이 별로 없어서, 그 일품인 유머 감각도 발휘하지 못했다.

"루카나 나나, 여자애면 좋겠어."

시나몬 향이 풍기는 커피를 한 모금 마시고 다니엘라가 말했다. 이 카페는 그녀가 좋아하는 가게로, 실내 인테리어가 세련됐다. 옥외라서 기분도 상쾌하다. 구름진, 가을의 끝을 알리는 공기.

다니엘라가 지금 걸고 있는 목걸이는, 알베르토에게 만들어달라고 부탁해서 내가 선물한 것이다. 미리 결혼반지의 디자인을 루카에게 물어, 그에 어울리도록 했다.

— 너무 예쁘다.

그날, 다니엘라는 눈을 반짝이며 그렇게 말하고, 나에게 걸어달라고 했다. 걸어주자 손가락으로 만져보면서,

— 늘 하고 있을게.

라고 말했다.

지나와 파올라는, 보석이란 일상적으로 하고 있지 않으면 안 된다고 하는데, 나 자신에게는 그런 습관이 없어도 그녀들을 보고 있

으면, 정말 그런가 보다 싶은 생각이 든다. 존재감이 상당한 금이나 큼지막한 보석도, 평소에 늘 하고 다니다 보면 거북살스럽지도 않고 피부에 친숙하게 녹아든다.

다니엘라는, 여자애 이름을 세 개 정도 생각해두었다고 했다. 습기를 머금은 싸늘한 바람이 불어, 낙엽이 소리를 내며 구른다.

"배 속에 있는 아이가 여자애든 남자애든."

내가 말했다.

"네가 건강해 보여서 안심이다."

Cèrto(물론이지), 라고 말하고 다니엘라는 하늘을 올려다본다.

"비가 내릴 것 같네."

"춥니?"

임부를 염려하여 묻자, 다니엘라는 주저없이, 아니, 라고 대답했다. 그러고는 커피 잔을 들어 올리고, "너의 마빈은?"이라고 묻는다.

"혼인신고 안 해?"

나는 어깨를 으쓱했다.

작년 크리스마스에는 미국에 갔다. 안젤라와는 다시 만났지만 다른 가족은 만나지 않았다. 다른 가족이란 즉 마빈의 아버지다. 어머니는 마빈이 어렸을 때 돌아가셨다고 들었다. 아버지에게 소개하고 싶다는 마빈에게, 나는 마음이 내키지 않는다고 대답했고 마빈은 더 이상의 억지는 부리지 않았다. 서두를 것 없지 뭐, 라고 말했을 뿐. 언젠가 기회가 또 있을 테니까, 라면서.

미국은 생활하기 편한 나라일 것 같았다. 마빈이 태어나고 자란 나라.

나는 그때까지 한 번도 미국에 가본 적이 없었지만, 미국은 너게 언제나 특별한 나라였다. 아가타 쥰세이가 태어나고 자란 나라.

"마빈은 좋은 남편이 될 수 있을 테고, 아오이네 아이들이랑 학교 같이 보내면 재미있을 텐데."

농담 삼아 다니엘라가 말했다. 나는, "유감이네"라고 대답하고 커피를 마셨다.

"미안하지만, 그건 시간적으로 좀 무리겠다."

이번에는 다니엘라가 어깨를 으쓱한다. 나는 계산서를 들고 일어났다.

마빈이 일터에서 돌아왔을 때 나는 고기를 셀러리와 함께 삶으면서 부엌에서 책을 읽고 있었다.

"다녀왔어."

마빈이 등 뒤에서 정수리에 키스를 한다.

"어서 와요."

별 탈 없이 흘러가는 마빈과 나의 생활, 우리의 인생.

"다니엘라는 잘 지내?"

"네."

책을 덮고 일어나 대답했다.

"굉장히 행복해 보였어요."

옷을 갈아입는 마빈을 거들러 침실로 간다.

아오이는 아무것도 안 해도 좋아, 라고 마빈은 늘 말한다. 하지만 집으로 돌아왔을 때 식사 준비가 되어 있거나, 침실에서 윗도리를 벗을 때 뒤에서 받아 들곤 하면 마빈이 아주 행복해한다는 것을 나는 알고 있다.

심플하다. 나는 심플한 것을 좋아한다. 심플한 남자, 심플한 방법. 복잡한 것은 이제 싫다.

"하루 종일 보고 싶어서 혼났어."

옷을 완전히 벗고 브리프 차림이 된 마빈이 그렇게 말하며 나를 힘껏 껴안는다.

우리의 식사는 간소하다. 마빈은 늘 체형 유지에 신경을 쓰고 있고, 먹는 게 고통스럽지 않을 정도로만 갓있고, 영양의 밸런스만 맞으면 그것으로 족하다고 생각하고 있다

"안젤라 누님에게서 편지가 왔어요. 거실에 놔두었는데, 봤어요?"

"아니."

마빈은 냅킨으로 입가를 닦고, 와인을 한 모금 마시고 말한다.

"뭐래?"

안젤라가 귀국한 지 꼭 일 년이 지났다. 일 년 동안 세 통의 편지를 보내주었다. 모두 안젤라답게 짧지만 마음이 담긴 내용이었다. 나는 애인의 누나가 마음에 든다. 그녀의 건강하면서도 불건전하고, 자상하면서도 제멋대로이고, 부지런하면서도 게으른 성격을 좋아한다.

"왜 자기는 안 읽어요?"

마빈은 입을 삐쭉 비틀어 보이고는, 오케이, 라고 말한다. 어느 쪽이든 상관없다는 제스처.

둘이서 먹는 저녁밥은 언제나 조용하다.

어제, 가게에서 알베르토에게 이상한 것을 받았다. 'Institute europèo di design'이란 학교의 팸플릿이다. 인테리어와 그래픽 디자인, 모드, 일러스트 등등의 과로 나뉘어 있는데, 보석 디자인과의 원서가 첨부되어 있었다. 알베르토는 그것을, 아침에 가게로 들어와 카운터 위에 올려놓았다.

"관심이 있으면."

조심스럽게 그렇게 말했다.

나는 봉투에서 팸플릿을 꺼내, 팔락팔락 넘겨 보았다. 알베르토는 멋쩍게 서 있다.

"이게 뭐예요?"

다시 한 번 물었다.

"Guarda(봐요)."

알베르토는 페이지를 넘기다 목적하는 부분이 나오자 가늘고 긴 손가락으로 탁탁 쳤다. 거기에는 보석 디자인과의 삼 년 과정 커리큘럼 — 여섯 과목으로 나뉘어 있다 — 이 자세하게 도표화되어 있었다.

"해보면 어떨까 싶어서요. 그러니까, 팔기만 하는 것보다는, 실제로 만들 수 있다면 재미있지 않을까 하는 생각이 들어서."

알베르토는 왠지 난처해하는 표정이었다. 원래 말이 없는 사람이다. 무언가를 설명하지 않으면 안 되는 상황에 익숙하지 못한 것이다.

커리큘럼은 꽤 본격적이었고, 그냥 취미 삼아 배울 수 있는 수준이 아님을 금방 알 수 있었다.

"미안하지만."

올 컬러에 잡지만 한 사이즈의 그 학교 안내 팸플릿을 덮고, 나는 알베르토에게 말했다.

"보석을 만들고 싶다고 생각한 적은 한 번도 없어요. 그냥 만지고 싶을 뿐, 그런 정도로만 관계하고 싶어요."

알베르토는 내 얼굴을 똑바로 쳐다보았다.

"잘 모르겠네요. 만드는 것은 만지는 것이 아닌가요? 관계하는 게 아닌가요?"

하얀 피부, 온몸이 풀꽃처럼 가늘고 나긋나긋한 알베르토.

"만들다 보면 지나치게 되잖아요. 너무 만지고 너무 관계하고."

웃으면서 말했는데, 알베르토는 웃지 않았다.

"늘 그런 식이죠."

슬픈 눈으로 그렇게 말한다.

"옛날에는 그렇지 않았는데."

"옛날이라니?"

순간 내 온몸이 긴장했다.

"일본에 가기 전."

알베르토는 눈을 내리깔고, 카운터에 놓여 있는 볼펜을 만지작거리면서 말을 이었다.

"지나하고 파올라도 걱정하고 있어요."

"지나치게 관계하고 싶지 않아요."

바보처럼, 나는 거듭 말했다.

"나를 생각해서 일부러 갖다 주었는데, 미안해요."

"사과할 건 없어요."

알베르토는 말하고, 그리고 소리없이 미소 지었다.

"고집스럽군요."

"덕분에."

나는 말하고, 일부러 소리 내어 의자에서 일어나, 아침 일을 시작했다.

"무슨 생각하고 있는 거야?"

눈앞에, 마빈의 깊은 갈색 눈동자가 있었다. 내 잔과 자기 잔에 각각 와인을 더 따른다.

"오늘밤에는 별로 안 마시네."

라고 말한다.

"그렇지 않아요."

나는 잔을 들어 올리며 미소 짓는다. 테이블 아래서 마빈의 무릎이 내 무릎에 닿는다. 나는 이제 무엇이 시작될지를 안다. 발가락으로 마빈의 허벅지를 만지작거린다. 탄탄한 근육으로 포장된 아름다운 허벅지.

마빈과의 생활은 덜함도 더함도 없다. 조용하고 온화하고, 충족되어 있다.

눈을 뜨니, 또 안개비가 내리고 있었다.

창문을 열고, 비에 젖어 칙칙한 낯익은 거리를 내다본다. 소리를 이루지 못하는 희미한 소리, 비와 안개가 섞인 차갑고 깊은 냄새. 밀라노의 냄새.

마빈은 이미 스포츠 센터에 간 후였다. 아무 예정도 없는 토요일. 나는 빨래를 하고, 커피를 끓여 부엌에서 마시면서 책을 읽었다. 그러고 있노라니 뼛속까지 춥고, 가을이 아니라 겨울 같았다. 옛날, 이 시기가 되면 엄마는 항상 이렇게 중얼거렸었다.

애달프다, 올가을도 다 가버렸네.

십오 년이나 이탈리아에 살면서도 이탈리아 말을 익히려 하지 않았던 엄마.

비는 싫다. 엉뚱한 생각만 떠오른다. 이렇게 창문을 닫고 있어도, 비의 기척이 온 방에 충만하다.

비 내리는 날, 병원 대합실은 묘지처럼 음습했다. 천박하고 기괴한 표지의 여성용 주간지가 몇 권이나 비치되어 있었고, 나는 그것을 읽는 사람들을 보기가 싫었다.

수술 자체는, 잠들어 있는 사이에 끝났다. 기억하고 있는 것은, 마스크에서 산소가 슉슉거리며 나오는 소리와 서늘한 감촉, 나는 기독교인은 아니지만 신의 벌이 내릴 것이라고 생각했을 뿐이다.

이제 일곱 달만 지나면 다니엘라와 루카의 아이가 태어난다 모두의 기다림 속에 축복받을 아이.

오후에는 도서관과 슈퍼마켓에 갔고, 저녁때는 목욕을 했다. 아무것도 하지 않음의 나쁜 점은, 기억이 뒤로 흐르지 않는다는 것이다. 내가 꼼짝 않고 있으면 기억도 꼼짝 않는다.

알고 있다. 모두들 나를 걱정하고 있다. 다니엘라도 알베르토도 지나도 파올라도 페데리카도.

마빈이 스포츠 센터에서 바로 사무실로 갔다가 다시 집으로 돌아왔을 때, 나는 아직 욕실에 있었다.

"다녀왔어."

욕조에 걸터앉아, 몸을 구부려 머리에 키스를 한다. 마빈은 체구가 몹시 크다.

"어서 와요."

나는 위를 향해, 마빈이 내 입술에도 키스할 수 있는 자세로 말했다.

"오늘은 날이 추워."

마빈은 허풍스럽게 소리를 내며 내게 입맞춤을 하고, "얼른 나와" 라고 말했다.

"오늘은 외식을 하자구."

데르랑게에 예약을 해두었다고 마빈이 말했다. 데르랑게는 밀라노의 북쪽, 약간 어귀진 곳에 있는 레스토랑이다. 나는 낮에 시장을 안 봐도 좋았을걸, 하고 생각했다.

"비가 내리니까."

노래하듯 마빈이 말한다. 그러고는 장난을 치는 어린애처럼, 내 샴푸 뚜껑을 열었다가 다시 닫았다.

"냄새가 좋은데."

마빈은 상냥하다.

"바로 나갈게요. 뭐 좀 마시면서 기다리고 있어요."

손을 뻗어 비누를 집으며 나는 말했다.

식사를 하는 동안, 마빈은 평소보다 조금 말이 많았다. 나를 미소 짓게 하는 농담, 드문드문 사랑의 말. 마빈은 늘 신사적이다. 그리고 그 태도는 때로 나를 숨 막히게 한다.

"어린애 취급하지 말아요."

찐 야채를 먹으면서 나는 말했다.

"왜?"

고개를 갸웃하고, 마빈은 나를 빤히 쳐다본다. 그것은 따지기보다 격려하는 듯한 시선이다. 겁내지 않아도 돼, 라고 그 눈은 말하고 있다. 나는 짜증이 나고 만다.

"당신은 너무 친절해요."

"왜 나의 친절에 죄책감을 느끼는 거지?"

마빈은 커다란 손을 와인 잔으로 내밀었다. 감색 윗도리 소매 끝으로 파란색 와이셔츠의 커프스가 보인다. 요트 모양의 은색 커프링크스.

"난 아오이를 어린애처럼 다룰 거야."

나는 잠자코 대꾸하지 않았다. 잠자코, 물방울이 맺혀 있는 잔을 들어 와인을 마셨다.

"나는 나의 데조로를 어린애처럼 다룬다."

마빈은 거듭 말했다.

"사랑하고 있으니까. 너무너무 소중하니까. 그녀는 특별하니까."

한 단어씩 또박또박, 천천히 발음한다.

"그게 왜 안 된다는 거지?"

마지막에는 자신감에 넘쳐 내 얼굴을 본다. 마빈은 거대한 배 같다. 정확한 나침반이 있어, 항상 똑바로 나아간다.

"알았어요(All right)."

양손을 들고, 할 수 없이 나는 말했다.

"항복이에요."

마빈은 웃으며 테이블 너머로 몸을 내밀었고, 우리는 가벼운 키스를 나누었다. 인사 대신 늘 하는 키스.

용서받을 수 있다는 것은 아마도 행복한 일이리라. 존재를 용서받을 수 있다는 것은.

— 나는 너를 용서할 수 없어.

과거 그런 말을 들은 적이 있는데, 같은 나를, 마빈은 아량으로 용서해준다. 몇 번이고.

— 나는 너를 용서할 수 없어.

그때, 그 말은 나에게, 온 세계로부터 거부당한 것이나 다름없는 말이었다.

— 왜 그런 짓을 한 거지?

쥰세이는 울고 있었다. 몹시 화도 내겄고, 그 이상으로 상처받은 상태였다.

— 앞으로도, 나는 절대 너를 용서할 수 없을 거야.

불미스러운 일만 떠오르는 것은 비 탓일까. 아니면 다니엘라의 임신 때문일까.

"후식은?"

마빈이 물어, 나는 고개를 가로저었다.

돌아가는 길, 마빈은 일부러 먼 길로 돌아가주었다. 내가 비 내리는 밤의 드라이브를 좋아한다는 것을 알고 있어서다. 마빈의 차 안에 있으면 마음이 차분하게 가라앉는다.

나는 앞 유리창에 맺힌 물방울을 지그시 바라본다. 와이퍼의 움직임 밖에 있는 무수한, 자잘한 빗방울. 속도를 높이면 뒤로 흘러 튀는 물방울.

용서받은 내가 여기에 있다.

"마빈."

사랑해요, 라고 나는 말했다. 마빈은 앞을 향한 채, "설마! 정말이야?"라고 장난스럽게 물었다. 그리고 한 손으로 내 볼을 살며시 만졌다.

"아오이는 나의 조이아(기쁨)야."

이성적이기는 해도 마음이 담긴 목소리였다. 갑자기 마빈이 더없이 소중한 존재인 듯한 기분이 솟구치고, 나는 울음을 터뜨릴 것만 같다.

물론 울음을 터뜨릴 것 같기만 할 뿐, 실제로 울지는 않는다.

집으로 돌아오자 열 시가 넘어 있었다. 우리는 서로의 등에 팔을 두르고 몇 번이나 키스를 하고 껴안은 채 현관문을 들어섰다. 거실 소파에 털썩 앉는다. 그대로 몇 분간 마빈의 품 안에 있었다.

함께 생활하면서 자연스럽게 생긴 몇 가지 습관이 있다. 외식을 한 후 집으로 돌아와 한 사람이 술을 준비하면 나머지 한 사람은 음악을 고르는 것도 그런 습관 중의 하나다. 언제부터인가 그랬다.

"뭐 마실래요?"

내가 묻자 마빈은 셰리를 마시겠다고 대답했다. 나는 부엌에 가서 잔을 두 개 준비한다. 한쪽에는 아마레토를 다른 한쪽에는 셰리를 절반씩 따른다. 사과를 한 개 깎았다. 마빈과 나는 침대에서 과일 먹기를 좋아한다.

거실로 돌아왔지만 오늘은 음악이 흐르지 않았다. 마빈은 책과 레코드가 수납되어 있는 서가의 문을 열고, 그 앞에 서 있다.

"이게 뭐지?"

나직한, 그러나 노기 어린 목소리로 마빈이 물었다. 손에 커다란 봉투를 들고 있다.

"아아, 학교 안내 팸플릿이에요. 알베르토가 한번 다녀보면 어떻겠냐면서 줬어요."

나는 두 손에 잔을 쥔 채 대답했다.

마빈은 우뚝 선 채였다. 말끔하게 다려진 파란색 와이셔츠.

"왜 나에게는 아무 말 하지 않은 거지? 공부가 하고 싶다는 말, 지금까지 한 번도 하지 않았잖아?"

"그게 아니고, 난 학교 같은 거……."

설명하려 했지만, 마빈은 들어주지 않았다.

"아오이는 항상 그래. 무슨 일이든 혼자 결정해버리지. 나는 당신의 인생에 아무런 영향도 끼치지 못해."

"그만해요."

나는 잔을 테이블에 놓고, 봉투를 빼앗아 내용물을 꺼냈다.

"알베르토가 준 거예요. 혹시 관심이 있으면 해보라면서."

페이지를 팔락팔락 넘기면서 말했다. 수업 광경과 아이론과 전기 스탠드 사진, 기린의 얼굴이 클로즈업된 일러스트 등이 눈으로 날아든다.

"관심 없어서 거절했어요. 그뿐이라구요."

팸플릿을 봉투 안에 넣었다. 마빈이 잠시 말이 없다가, "알베르토는 뭣 때문에 그런 데까지 신경을 쓰지"라고 씁쓸한 말투로 말했다.

"이탈리아 사람들은 공연한 참견이 많군."

"그런 식으로 말하지 말아요."

좀처럼 없는 일인데, 나는 마빈에게 화를 내며 말했다.

"소중한 친구라구요."

"Friend!"

마빈은 어처구니가 없다는 듯 말했다.

"그거 멋지군."

나는 대꾸하지 않았다.

아마레토 잔을 들고 침실로 들어간다.

"부엌에 사과 있으니까 먹고 싶으면 먹어요."

마빈은 말이 없었다.

희미한 발소리가 들리고 조용히 문이 열렸을 때, 나는 침대 속에서 옆으로 몸을 돌리고 있었다. 아마레토는 다 마셔버렸다. 마빈은 화를 식히는 데 한 시간도 더 걸린 듯했다. 마빈이 앉자 침대가 흔들렸다.

"미안해."

완벽하게 평소와 같은 이성과 따스함을 되찾은 목소리로 마빈이 말했다. 그리고 이불 위로 내 팔을 살며시 잡았다. 나는 자는 척하고 있었지만, 깨어 있다는 것을 마빈은 알고 있었다. 옆에 누워 잠시 꼼짝 않고 있다가, 내 이마에 입맞춤하면서 "잘 자요"라고 말하고 나갔다. 마빈이 샤워를 하고 돌아올 때까지, 나는 그 자세로 꼼짝하지 않았다.

8

La Vita Quotidiana

일상

봄이 되자 다니엘라는 무사히 여자아이를 출산했고, 나는 스물아홉 살이 되었다. 마빈과 지내는 네 번째 생일.

마침 일요일이어서 마빈은 온 하루를 나와 함께해주었다. 아침 식사 때는 과일을 깎아주었고, 저녁때는 비체에 자리를 예약해주었다. 선물은 호화스러운 목걸이였다. 사실 나에게는 지나치다 싶을 만큼 호화로운 목걸이.

5월. 이 도시가 일 년 중에서 가장 색채로 넘치는 달.

다니엘라는 벌써부터 완연한 엄마가 되어, 핑크와 블루로 통일한 솜사탕 같은 아기 방에서 보내는 시간이 가장 행복하다고 기쁨에 넘쳐 말했다.

어렸을 때부터 살아온 이 도시에서의 온화한 생활, 그런데 나에게는 모든 것이 소설 속의 얘기처럼 여겨진다. 용감한 우등생이었던 다니엘라가 — 학교에서 돌아오는 길에 함께 메렌다를 우물거렸던 다니엘라가 — 결혼해서 가정을 꾸리고 이번에는 사랑스러운 딸까지 낳았다는 것 모두가, 왠지 수조 속에서 일어난 일들 같았다. 바로 눈앞에 있는데도 손으로는 만질 수 없는, 소리조차 들리지 않는 저 멀리 떨어진 장소.

벌써 오래전부터 그랬던 것 같은 기분이 든다. 아니면 처음부터 그랬는지도 모르겠다고 생각한다. 나에게 세계는 — 친구조차 — 언제나 조금은 먼 장소다. 나 자신과 외부를 차단하는 얇은 막 같은 것.

마빈과 나 사이에도 그런 것이 있다.

유리문 안쪽에 '죄송합니다, 점심시간입니다'란 팻말을 걸어놓고, 문을 잠그고 밖으로 나간다. 기분 좋은 날씨다.

마빈은 대체 나의 어디가 그렇게 마음에 든 것일까.

— 마빈은 진심이야.

언젠가 안젤라가 그렇게 말했다.

— 아오이는 나의 조이아야.

마빈은 정직한 눈으로 주저 없이 그렇게 말한다. 하지만 어째서인지, 나는 전혀 알 수가 없다.

처음 마빈을 만났을 때, 침착한 사람이라고 생각했다. 마빈은 체구가 크고, 한눈에 미국인임을 알 수 있는 유머와 지성을 겸비하고 있었다. 고급스러운 옷과 비누 향. 돈 많고 너그럽고, 그러면서도 어린애 같은 열정으로 나에게 데이트 신청을 했다.

그때, 나는 누가 보기에도 분위기가 썩 좋지 못한 여자였는데. 퉁

명스럽고 말도 없고 멋대가리 없는 점원이었는데.

— 아오이는 변했어.

트램 속에서 다니엘라가 그랬다.

— 사람을 멀리하고 있어.

겨울이었고, 다니엘라는 검은 장갑을 낀 손에 군밤 주머니를 들고 있었다.

— 네가 일본의 대학에 유학 간다고 했을 때, 역시 말렸어야 하는 건데 그랬어.

친구에게서까지 그런 말을 들은 내게 마빈은 사랑을 느꼈다고 한다.

따뜻한 날이다. 점심은 산피오네 공원에서 샌드위치를 먹었다. 달걀 샌드위치. 삶은 달걀을 마요네즈에 버무려 속을 넣은 일본식 샌드위치. 마빈도 좋아해서, 가끔 간식으로 먹고 싶어 한다.

나무 아래 벤치에 앉아, 홍차를 마시고 피클을 아작거렸다.

내 생활은 여전하다. 마빈과 둘이서 평온하게, 일주일에 사흘은 보석 가게에서 아르바이트.

지난주, 마빈과 코모 호(湖)에 갔다. 다니엘라가 임신을 한 후부터는 넷이서 영화를 보는 일이 없어져, 주말이면 때로 마빈과 멀리까지 드라이브를 한다.

— 이탈리아 사람 다 됐네요.

그런 말을 나누면서.

나와 마빈은 코모 호의 유람선을 좋아한다. 갑판에서 바람을 맞으며, 마빈의 품에 안겨 맥주를 마셨다.

— 머릿결이 부드러워.

마빈은 내 등을 껴안고, 머리칼에 코를 묻고 말했다.

— 나는 당신의 머리칼이 너무 좋아. 부드럽고 아름답고.

구름 속에서 간혹 엷은 햇살이 비치는 날이었다. 호수는 잘게 물결치고 있었다. 마빈을 만난 후부터 나는 내내 머리를 기르고 있다. 옛날처럼 극단적으로 짧게 머리를 깎는 일은, 아마 두 번 다시 없으리라. 과거 다른 남자의 입술을, 몇 번이고 몇 번이고 받아들였던 목덜미.

언덕 위에 있는 노란 호텔은 스포츠 시설이 잘되어 있어 마빈이 좋아한다. 마빈이 운동을 하는 동안, 나는 멍하니 목욕을 하고 테라스에서 차를 마시고, 책을 읽으며 지냈다.

산책을 하러 나갔다가 엽서를 사서, 우리들의 친구 — 다니엘라와 루카, 안젤라 — 에게 짧은 글을 쓰기도 했다.

잘 지내나요. 우리는 코모 호에 와 있습니다.

'우리'란 말과, 마지막에 나란히 하는 사인.

자식 없는 부부의 만년 같은 생활이다. 그런 생각을 했다.

산피오네 공원으로 바람이 질러간다. 샌드위치를 쌌던 랩과 손수건을 접고, 피클이 들어 있던 타파도 뚜껑을 닫고, 나는 벤치에서 일어난다.

아직은 시간이 조금 남아 있어, 슈퍼마켓에 가서 저녁거리를 미리 사기로 했다. 닭고기와 야채, 마빈이 좋아하는 골리아 사탕, 그리고 소독약 — 엄마는 그것을 분홍색 옥시풀이라고 부르곤 했다 — 을 샀다.

물건을 껴안고 밖으로 나간다. 날씨가 좋은 탓인가, 거리가 온통 사람들로 북적거린다. 버스와 자동차의 배기가스, 지나가는 사람들, 트램의 경적. 두오모 광장에는 알록달록한 가판대가 나와 있다. 마빈이 'Huge and lovely(거대하고 아름다운)'하다고 하는 밀라노 두오모의 옥상에서는, 술에 취한 사람들이 살을 태우고 있으리라.

— 피렌체의 두오모는 따뜻해.

그렇게 말한 사람은 페데리카였다.

— 결혼한 지 얼마 안 돼서 같이 올라갔거든. 밀라노의 두오모 같은 장엄함은 없지만, 부드러운 색상에 사랑스럽고 따뜻했어.

페데리카는 피렌체의 두오모를 '사랑하는 사람들의 두오모'라고 했다. 그녀의 사랑의 기억인 두오모. 초등학생 시절, 그녀의 집 거실에서 차를 마시면서 그런 이야기를 들었다.

피렌체의 두오모에는 한 번도 가보지 않았다. 언젠가 가보고 싶은 마음은 있었다. 사랑하는 사람과 같이 오르리라고.

— 피렌체의 두오모? 왜 하필이면? 밀라노의 두오모는 안 돼?

쥰세이는 이상하다는 듯 물었다. 나는 페데리카 이야기를 했고 쥰세이는 잠자코 들어주었다.

— 또 페데리카야?

쥰세이는 피식 웃었다. 스무 살이었다. 우리는 대학의 뒤뜰에 있었고, 밀라노도, 피렌체도, 페데리카도, 가공의 존재인 듯 멀었다.

— 약속해줄래?

그때 나는, 평소에 없는 용기를 그러모아 말했다. 나로서는 태어나서 처음 하는 사랑의 고백이었으므로.

피렌체의 두오모에는 꼭 이 사람과 같이 오르고 싶다. 그렇게 생각했던 것이다.

쥰세이는, 너무도 쥰세이답게 주저없이 약속해주었다.

— 좋아. 십 년 후, 5월이란 말이지. 그때는 21세기네.

쥰세이의 웃는 얼굴은 언제나 들판처럼 편안했다. 라 미아 캄파냐(나의 들판). 장난삼아 그렇게 불렀다.

산 것을 냉장고에 넣기 위해 일단 아파트로 돌아갔다. 피클을 담았던 타파를 대충 씻는다.

서늘한 부엌. 이 집은 매우 조용하다. 조용하고 청결하고 화려하다.

가게로 돌아가자 지나가 나와 있었다. 드문 일이다.

"지나!"

나는 말하고, 키 큰 노부인을 껴안았다. 발치에 애완견이 맴돌고 있다.

"좋아 보이는데."

지나는 내 등을 툭툭 쳤다. 깊은 주름이 패고, 뼈가 울퉁불퉁한 긴 손가락의 감촉.

"오랜만이에요. 이렇게 뵈니 너무 기뻐요."

이 가게의 경영자 중 한 사람인 지나는 칠십 대 중반도 넘어서, 가게에는 좀처럼 얼굴을 내밀지 않는다. 다른 한 사람의 경영자인 파올라에게 잘 지낸다는 말은 들었지만 만나기는 거의 일 년 만이다.

"오랜만에 옷이나 한 벌 맞출까 싶어서."

지나는 근처에 있는 부인복점의 이름을 말했다.

상냥하고 사교적인 파올라에 비해 지나는 말이 없고 표정도 딱딱하고, 나이가 들면서 점점 까다로워진 데다 때로는 매몰차기까지 해서, 다니엘라는 불편해하지만 나는 지나도 파올라도 모두 좋아한다.

— 당신은 할머니들하고 마음이 맞는 모양이야.

마빈이 그런 식으로 말한 적이 있다. 그러고 보니 어렸을 적, 주변 아이들이 나의 이탈리아어가 좀 이상하다는 말을 하곤 했다. 내 말에 그들 부모 세대에서는 이미 사용하지 않는 옛날 말투가 섞이곤 해서인 것 같았다.

어떤 의미에서 페데리카는 나의 할머니였다. 그 집 거실에서 마신 헤아릴 수 없을 만큼의 차. 페데리카의 친구인 지나와 파올라 자매도, 그 집에서 만났다.

"여전히 소탈한 차림이로군."

지나가 말하고, 안쪽에서 나온 파올라도,

"아오이는 늘 하얀 셔츠만 입는다니까."

라고 언니에게 보고했다. 파올라에게 셔츠 색에 대해 벌써 열 번 이상이나 말을 들었다. 파올라는 내가 흰 옷을 입으면 '쓸쓸하게'

보인다고 한다.

"좀 더 밝고 화사한 옷을 입으라고 그렇게 말하는데도."

지나는 나를 빤히 쳐다보면서,

"나도 그렇게 생각하는데."

라고 말했다. 그러고는 어깨를 약간 들어 올리며,

"하지만 어쩔 수 없지. 누구든 자기가 좋아하는 옷을 입을 권리가 있으니까."

라고 덧붙였다.

나는 유리문에서 팻말을 떼어내고 오후 손님을 맞을 준비를 했다. 지나는 허리를 구부려 애완견을 안아 올리고는 안쪽 공방으로 사라졌다. 개는 아주 몸집이 작은 종류인데도 지나의 걸음걸이가 휘청거린다.

마빈이 일터에서 돌아왔을 때, 나는 부엌에서 닭고기와 야채를 끓이면서 책을 읽고 있었다.

"다녀왔어."

볼과 입술에 키스를 한다.

"냄새가 좋은데."

마빈의 목소리와 냄새와 존재감. 집 안이 단박에 생기를 띤다. 나는 책을 내려놓고, 침실로 들어가 옷을 갈아입는 마빈을 거든다.

"오늘, 가게에 지나가 왔어요."

나는 보고했다.

"너무 오랜만이라서 반가웠어요."

"지나라면 알베르토의 할머니?"

"아니요. 그건 파올라죠."

마빈이 눈동자를 빙그르르 돌린다.

"그랬나. 영 헷갈린단 말이야."

"기억할 필요 없죠, 뭐."

마빈은 놀랄 만큼 기억력이 좋은데, 관심이 없는 것은 기억하지 않는다.

"심술궂긴."

옷을 다 갈아입고 내 눈앞에 선 마빈은, 면 셔츠에 버뮤다팬츠 차림으로 상큼하고 청결해 보인다.

"자, 이제 기억했어."

그러니까 테스트해봐, 라면서 나를 껴안는다.

"당신에게 소중한 것은 나에게도 소중하니까."

내 정수리에 입맞춤하면서 말했다.

"참, 부엌에 가봐야지. 닭고기 다 눌어붙겠어요."

나는 마빈의 팔 안에서 말했다. 가능한 한 부드럽게 말하려 했는데, 어쩐 일인지 거절처럼 울렸다.

차가운 화이트와인과 닭고기 요리를 먹으면서, 여름휴가 때는 그리스로 가자구, 라고 활달한 목소리로 마빈이 말한다.

6월이 되자 구름이 끼고 기온이 낮은 날이 계속되었다. 일기예보에서는 3월 하순의 기온이라고 한다. 마빈이 감기에 걸렸다. 나는 브롱케노로를 먹으라고 하는데, 아스피린 신봉자인 마빈은 오늘 아침에도 아스피린을 먹고 나갔다.

페데리카의 아파트 베란다에는 등나무 꽃이 한창이리라.

세계는 내 밖에서 움직이고 있다.

오전에는 욕조 안에서 책을 읽었다. 『HAM ON RYE』라는 이상한 제목의 소설이다. 마빈의 책꽂이에서 꺼낸 것이다. 빠끔 열린 창문으로 버드나무 가로수길이 보인다. 하양과 검정 욕실, 목욕 소금이 들어 있는 유리병.

나는 벽시계를 보았다. 오늘은 다니엘라네 집에서 점심을 먹기로 되어 있다. 책을 덮고 샴푸를 집는다.

마스카니에서 시작해 바그너에서 끝나는 카라얀의 앨범을 들으면서 외출할 준비를 했다. 창밖은 당장이라도 비가 내릴 듯 찌뿌드드하다. 갓난아기를 안게 될 테니 향수는 뿌리지 않는다.

어제 청소회사 사람이 다녀가서, 온 집 안 구석구석이 반짝반짝 빛난다. 마빈의 회사에서 집세를 내고 있는 고급 아파트. 현관 옆 거울에 비친 자신의 얼굴을 보고, 나는 왠지 묘한 기분이 들었다. 다른 사람의 인생을 살고 있는 듯한. 마빈과 생활한 지 삼 년 남짓이다. 나는 이 아파트를 좋아하고, 어느 틈엔가 이곳에서의 화려한 생활에도 익숙해졌다. 이런 식으로 가끔 고개를 쳐드는 위화감을 제외하고는.

다니엘라의 집까지는 자동차로 십오 분 정도 걸린다. 도중에 타베루나 비스콘티에 들러 다니엘라가 좋아하는 초콜릿 케이크를 샀다.

다니엘라는 단것을 좋아한다. 노베첸트의 거대한 크레페(마빈과 나는 절반씩 나눠 먹어도 다 먹지 못하는)도 혼자서 눈 깜짝할 사이에 해치운다. 그것을 보고 루카는 곧잘 휘파람을 불곤 했다. 굉장하군, 이라고 말하면서.

현관에서 서로에게 키스를 하자, 다니엘라는 곧장 아기 방으로 안내해주었다. 장밋빛 볼의 다니엘라.

"마빈은, 잘 있어?"

"응. 감기 걸려서 고생은 좀 하고 있지만."

분홍과 파란색으로 통일된 아기 방은 조그맣지만 꿈처럼 귀여웠다. 창문 앞에 놓인 하얀 목마는 마빈과 내가 선물한 것이다.

"안녕, 프린치페사(공주님)."

나는 침대로 몸을 구부려 잠들어 있는 갓난아기에게 인사했다. 아레시아 — 가 그녀의 이름이다 — 는 자면서 미간을 찡그리고 있다. 어른스러운 얼굴의 갓난아기다.

"여기 참 조용하네."

창밖으로 구름 낀 하늘이 낮게 드리워져 있다.

점심은 직접 만든 포카차와 치즈와 햄, 오징어를 쓴 샐러드였다.

"마실 것은 뭐로 할래?"

물, 이라고 나는 대답했다.

좁지만 편안한 다니엘라의 부엌. 나무로 조각된 야채와 과일이 담긴 바구니가 장식되어 있다. 냉장고에는 자석이 몇 개.

"루카 씨, 아레시아 잘 보살펴주니?"

식사를 하면서 물었다. 다니엘라가 콧잔등을 찌푸린다.

"하루에도 백 번은 키스를 할 정도로 무지무지 귀여워하기는 하는데, 하지만 보살피는 건 좀."

포크를 손에 들고 다니엘라는 천장을 올려다본다. 나는 웃었다.

"여름휴가는 어떻게 할 건데?"

"글쎄. 마빈은 그리스로 가자고 하는데, 일 때문에 바쁜 것 같아서."

다니엘라는 올해도 자기네 별장으로 간다고 한다. 별장 같으면 아레시아랑 같이 가도 괜찮으니까, 라면서.

"벌써 여름이다."

다니엘라의 말에 나는 우울한 기억이 떠올라, 끝내 얼굴을 찡그리고 말았다.

"왜 그래?"

아무것도 아니야, 라고 말하고 고개를 젓는다.

"그냥, 이제 얼마 안 있으면 독립 기념일이잖아. 그 생각했어."

내 말에 이번에는 다니엘라가 미소 지었다.

"미국인 모임?"

"응."

나나 마빈이나 미국인 모임에는 거의 얼굴을 내밀지 않는다. 나는 물론이고, 마빈 역시 그 모임을 경원하는 것이다. 단, 7월 4일 독립 기념일에는 반드시 참석하지 않으면 안 된다.

"어때서. 가끔은 화려하고 속물적인 사모님 기분에 젖어보는 것도 괜찮잖아."

이번에는 내가 천장을 올려다본다.

"그게 어떤 모임인지 보여주고 싶은 심정이다."

오십 평쯤 되는 넓은 홀, 기묘한 중국 취향. 만나면 일단은 상대방의 전신을 훑어보고 칭찬하는 것이 예의인지, 여기저기서 옷이며 머리 스타일이며 네일 아트를 놓고 서로를 칭찬한다.

"너도 칭찬받은 적 있니?"

나는 고개를 끄덕였다.

"칭찬할 게 없어서 곤란했을 거야."

점심은 맛있었다. 우리는 식후에 칸타로프 멜론을 한 조각 먹고 커피를 마셨다.

오후, 안개비가 내렸다. 소리도 없이 공기에 휘감기는 보슬비.

나는 돌아가는 길에 개구리의 정원에 들렀다. 돌길에 차를 세우고, 성당 문을 지나 안으로 들어간다. 비 내리는 날이면, 이곳의 공기가 정겹다.

나는 한참이나 기둥에 기대어, 비에 젖은 개구리 분수를 바라보았다. 일상은 쉼없이 흘러간다.

대학을 졸업하고 밀라노에 돌아와 처음으로 이곳에 온 날, 여기는 눈에 갇혀 있었다. 새하얗고 환하게, 뿌연 햇살을 반사하고 있는 이 정원을 보고서야 나는 간신히 울 수 있었다.

— 왜 그런 짓을 한 거지?

몇 년이란 시간이 흘렀는데, 그런데도 이렇듯 선명하게 떠오르는 쥰세이의 우는 얼굴.

— 왜 그런 짓을 한 거냐구?

나는 대답하지 않았다. 입을 꽉 다문 채였다. 맞는가 싶었다. 그러나 쥰세이는 때리지 않았다. 끓어오르는 분노를 참아내듯, 부르르 떨고 있었다.

나는 천천히 눈을 깜박인다. 기억을 몸속 깊이 가두기 위해서. 회색으로 젖은 밀라노의 하늘과, 비를 거느린 쿠폴라의 지붕을 올려다보았다.

그건, 이미 지나간 오랜 옛날 일이다.

성당 옆 꽃가게에 수국이 있길래 샀다. 수국은 마빈이 좋아하는 꽃이다. 서늘한 파랑, 크고 동그란 수국. 아파트로 돌아와 검은 꽃병에 꽂아 침실에 갖다 놓았다.

저녁, 아마레토를 홀짝거리면서 『HAM ON RYE』를 읽고 있는데 페데리카에게서 전화가 걸려왔다. 오랜만에 놀러 오라고. 한참을 얘기한 후 페데리카는 그렇게 말했다. 미국 남자도 같이 오려무나.

수화기를 통해서도, 페데리카의 목소리는 푸근하고 상냥하다.

페데리카도 지나도, 전쟁터에서 남편을 잃었다. 총살당한 무솔리니의 시신이 로레타 광장에 거꾸로 매달렸을 때, 둘이서 구경하러 광장까지 일부러 갔다는 얘기를 해주었다. 지나는 아들과 딸이 있지만, 페데리카는 외톨이였다.

"어머니는 건강하시니?"

페데리카가 물었다.

"네, 아마 그럴 거예요."

내가 대답하자, 수화기 건너에서 웃음 짓는 기척이 느껴졌다.

"참 너도 여전하구나."

나는 다음 주에 찾아가겠노라고 약속했다.

감기가 영 낫지를 않아, 라고 말하며 마빈은 평소보다 빨리 돌아왔다. 수프를 먹이고, 침대에 눕혔다. 곁에 있어달라고 해서 침대 옆에 앉아 책을 읽었다.

마빈은 좀처럼 잠들려 하지 않는다. 잠깐 한눈을 팔면 나를 침대 안으로 끌어들이려 한다.

"재밌어?"

노란 표지의 페이퍼백으로 시선을 옮기고 마빈이 물었다.

"재미있어요. 문체가 박력 있고 후련해요."

"나는 그 소설의 서두가 굉장히 마음에 들어."

이 책은 마빈의 책꽂이에서 꺼낸 것이다.

"The first thing I remember is being under something."

나는 첫 페이지로 돌아가 한 구절을 읽었다.

"맞아, 그 구절."

계속해봐, 라고 마빈은 말한다.

"It was a table, I saw a table leg, I saw the legs of the people, and a portion of the table cloth hanging down."

고요한 밤이다. 책을 읽으면서, 나는, 여기가 내가 있는 장소라고 생각한다.

여전히 비가 내리고 있다. 때로 젖은 도로를 달리는 자동차 소리가 들린다.

9

La Lettera

편지

오랜 세월 사용해 손때가 묻은 큼지닥한 주전자는 얇은 백자다. 주름이 자글자글한 페데리카의 손은 그것을 아주 우아하게 다룬다. 묵직하고 깊은 색의 묘안석 반지.

— 홍차가 얼마나 따끈하고 맛있게 끓여졌는지는, 찻잔에 따를 때의 소리로 알 수 있지.

옛날, 그런 것을 가르쳐준 것도 페데리카였다. 이 거실에서, 같은 의자에 앉아.

“오랜만이구나.”

향기로운 홍차를 건네면서 페데리카가 말했다.

“건강해 보이시네요.”

활짝 열린 창문으로, 메마른 화분이 나란한 베란다 너머로 밀라노 거리가 내려다보인다.

— 나는 어찌된 셈인지 식물을 죄 죽여버려.

언젠가 페데리카가 그렇게 말했던 기억이 난다. 죽어버린 식물이 그대로 남아 나란히 진열되어 있는 페데리카의 베란다. 이곳은 거의 변함이 없다.

홍차를 마시면서 나는 다니엘라 얘기를 했다. 다니엘라와 어린 공주님, 그리고 솜사탕 같은 아기 방.

초등학생 시절, 다니엘라와 종종 이곳에 와 차를 마셨다. 발레 레슨을 받은 후, 어둑어둑해지는 창밖을 보면서.

"왜 미국 남자는 데리고 오지 않았니?"

페데리카가 물었다.

마빈은 일이 바빠서, 라고 대답하려다 입을 다물었다. 그렇다면 밤에 오면 될 일이다. 아니면 주말에.

"네가 밀라노로 돌아온 지 얼마나 되었지?"

페데리카가 계속 물어, 나는 "육 년"이라고 대답했다. 육 년. 벌써 그렇게 됐다.

일본의 대학으로 유학을 간다고 하자, 페데리카는 몹시 기뻐했다.

— Bellissimo(그것 잘됐구나)!

Bellissimo!, 라고 몇 번이나 말했다. 모국을 안다는 것은 중요한 일이지, 라고도.

"넌 정말 조금도 변하지 않았구나."

페데리카가 말해, 나는 놀라 얼굴을 들었다. 아오이는 변했어. 다니엘라도 알베르토도 그렇게 말했다. 누가 말하지 않더라도, 내 자신이 알고 있다.

"변하지 않았다고요?"

자조 섞인 목소리로 말하고 말았다. 페데리카는 나의 목소리에는 신경을 안 쓰는 척했다.

페데리카가 빙긋 웃어, 나는 갑자기 울고 싶은 기분이 된다.

페데리카의 뼈가 불거진 손이 내 무릎을 톡톡 쳤다.

"시간을 들인다는 것은 나쁜 일이 아니야."

일어나 부엌으로 가서, 홍차를 다시 우려내기 위해 물을 끓인다. 돌아온 페데리카는 달짝지근한 냄새가 나는 담배를 물고 있었다.

"지난번에 지나와 파올라를 만났다."

페데리카가 말한다.

"오랜만에 술도 마셨단다."

"Biffi에서요?"

Biffi는, 역사가 오래고 분위기가 좋은 조그만 바(bar)다. 그곳에서 달콤한 리큐어를 한잔 마시는 것이 지나와 파올라의 낙이다. 나이가 들어서도 다들 술이 세다.

"둘 다 네 걱정을 하고 있더구나."

때로 생각한다. 지금의 페데리카만 한 나이가 되었을 때, 나는 어디에서 누구와 술을 마시고 있을까. 여기 밀라노? 아니면 '모국'? 그것도 아니라면 미국?

"재혼하려고 한 적은 없나요?"

내가 묻자 페데리카는 한 마디로 딱 잘라, "Mai(없다)"라고 대답했다.

"이곳을 떠나고 싶다고 생각한 적은요?"

"Mai."

입술을 오므리고 담배 연기를 똑바로 토해낸다. 나는 미소 짓는다. 말린 무화과에 버터와 호두를 껴 넣은 과자를 한 개 집는다.

여기서 태어나, 긴 생애를 여기서 보내고, 여기서 생을 마감할 페데리카와 지나에게 선택의 여지가 없다는 가혹함과 편안함을 나는 동경하곤 한다.

과거, 쥰세이와 종종 그런 얘기를 했다.

— 아오이가 하는 말의 의미는 알겠는데.

쥰세이는 그 반짝이는 정직한 눈으로 흥분해서 말했다.

나는 밀라노에서, 쥰세이는 뉴욕에서, 각기 비슷한 경험을 했다. 달리 돌아가야 할 장소가 있다는 기분. 자기가 외부인이라는 자각.

내가 있어야 할 장소.

그러나 도쿄도 일본도, 적어도 내게는 그런 장소가 아니었다.

— 알기는 하겠는데, 하지만 역시 선택의 여지가 있다는 것은 좋은 일이 아닐까 싶은데. 적어도, 유랑할 틈새가 있다는 것은.

유랑할 틈새. 나는 그 말이 매우 아름답다고 생각했다. 쥰세이는 간혹 그렇게 아름다운 표현을 구사한다. 아무렇지도 않게. 터프한 것인지 섬세한 것인지 분간이 안 간다. 그러나 아무튼 에너지 넘치는 사람이었다. 낭만주의자였다. 내게 없는 것만 갖고 있었다.

"아오이?"

페데리카가 쳐다보아, 나는 내가 떠올린 일들마저 들킨 듯한 기분에 당황했다.

"물이 다 끓었는데, 홍차 더 마시려니?"

"고마워요, 더 마실게요."

나는 대답하고, 베네치아 유리 재떨이로 당황한 시선을 옮겼다.

돌아오는 길, 차창으로 구름진 회색 하늘을 올려다보면서 마빈을 생각했다.

— 그런데 그 미국 남자, 이탈리아 말 할 줄 아니?

헤어질 때, 현관에서 양 볼에 키스하며 페데리카가 물었다.

— 네, 조금은요.

내가 대답하자,

— 베네(다행이로구나).

라며 페데리카는 싱긋 웃었다. 마치 학교 선생님 같다.

— 안부 전해주렴.

— 네, 꼭 전할게요.

덜컹덜컹 흔들리는 엘리베이터, 어두컴컴한 로비. 과거에 살았던 아파트.

해가 기우는 시각, 거리는 사람들로 북적거렸다. 낯익은 거리, 버스 안의 광경, 다리로 전해지는 진동과 은색 손잡이.

그 아파트로 마빈을 데려가는 것에 왜 이리도 거부감을 느끼는지 모르겠다. 내가 좋아하는 마빈. 공경하고 자상하고 나를 용서해주는 마빈.

— 느긋하게 여기거라.

페데리카가 말했다.

— 너는 조금도 변하지 않았어. 정직하고 신중하고.

정직하고 신중하고.

작년, 알베르토가 준 학교 안내 팸플릿 때문에 마빈과 말다툼을 했다. 그때 마빈이 한 말이 머리에서 떠나지 않았다.

— 나는 당신의 인생에 아무런 영향도 끼치지 못해.

그가 나에게 말한 것이 아니라, 내가 그로 하여금 말하게 한 것이다. 그러니까 사과해야 할 사람은 마빈이 아니라 나였다.

그러나 실제로 사과한 사람은 마빈이었다. 늘 그런 것처럼.

버스는 배기가스를 뿌리면서 호화롭고 복잡한 길을 지나간다.

저녁 식사를 한 후, 마빈과 스크래블 게임을 했다. 스크래블은 스펠링을 생각하는 게임으로, 오늘 밤에는 마빈의 5승 2패였다. 마빈이 선물로 들고 온 고급한 와인을 마시면서 했다.

"바캉스는 영국으로 갈까?"

게임을 끝내고, 소파에서 내 머리칼을 부드럽게 쓰다듬으며 마빈이 물었다.

"영국요? 그리스가 아니고?"

그리스에 가서, 맛있는 생선 요리를 먹자고 했다.

"영국에는 당신 부모님이 계시잖아."

나는 얼굴을 찡그린다.

"그래서요?"

"그러니까, 가고 싶은 거지."

마빈은 아주 성실한 목소리로 말한다.

"가기만 하는 거야(Just visit)."

나의 아버지는 은행에 다닌다. 벌써 삼십 년이나 해외 근무를 하고 있다. 그런 생활이 성격에 맞는 것이리라. 요즘에는 런던에 있다.

"별로 좋은 생각 같지 않군요."

나는 와인을 한 모금 마셨다.

"나를 곤란하게 만들지 말아요."

"곤란하게 만들 생각 없어."

마빈은 게임처럼 내가 하는 말을 금방금방 받아넘겼다.

"하지만 이상하잖아. 이렇게 가까이 살고 있는데 찾아가지 않는다는 게."

사이드 테이블에는 안젤라와 내가 찍힌 사진이 장식되어 있다. 루가노에서 찍은 것이다. 안젤라는 내 어깨를 껴안고, 함박 웃고 있다.

"이상할 것 하나도 없어요."

나는 말하고 일어나, 욕조에 물을 받으러 갔다.

"더구나, 영국은 그렇게 가까운 곳이 아니에요."

"가깝지."

마빈은 욕실까지 따라온다.

"미국이나 일본에 비하면 훨씬 가깝지."

나는 두 손을 들고 그만 졌다는 몸짓을 했다. 수도꼭지를 틀자 김과 함께 뜨거운 물이 뿜어 나온다.

"그들에게는 그들의 생활이 있고,"

마빈에게 등을 보인 채, 콸콸 소리를 내며 쏟아지는 뜨거운 물에 손을 대고 말했다.

"나에게는 나의 생활이 있어요."

물소리, 물 냄새.

"그거야 알지(I know)."

소름이 끼칠 정도로 쓸쓸한 목소리가 들려 나도 모르게 뒤돌아보았다.

"마빈."

"알고 있었어. 아오이에게는 아오이의 인생이 있고, 나는 근접할 수조차 없다는 것을."

상처 입은 목소리였다. 마빈은 절망적으로 피식 웃으며 "I know"를 반복한다. 나는 후회했다.

"마빈."

그런 얼굴 하지 말아요, 라고 말하고 싶었다. 그런 뜻이 아니었어요. 그냥 영국으로 가요. 우리 엄마 아빠도 만나고. 당신이 원한다면 그렇게 해요. 어디든 가요, 어디든 좋아요, 당신과 함께라면. 그렇게 말하고 싶었다.

"미안해요."

그러나 목각 인형처럼 우뚝 서서, 내 입을 통해 나온 것은 그 말

뿐이었다.

"사과할 것 없어."

마빈은 다시 한 번 미소 지었다.

"아오이는 솔직하군."

나는 아무 말도 하지 못했다. 슬픔만이 북받쳐 오를 뿐이었다.

다음 날은 맑게 갠 토요일이었다. 잠에서 깨어나자, 마빈은 벌써 스포츠 센터에 가고 난 후였다. 나는 한참을 그대로 침실에 있었다. 부드러운 베이지색 시트, 창문으로 쏟아지는 햇살, 고상하게 자리 잡은 가구들. 아주 낮은 볼륨으로 라벨을 틀어놓는다. 여기가 내가 있을 장소인지 아닌지 알 수 없었다.

스포츠 센터에서 돌아온 마빈은 평소와 무엇 하나 다를 것 없는 마빈이었다.

"잘 잤어?"

내 정수리에 키스를 한다.

"나의 데조로는 늦잠꾸러기야. 이렇게 날씨가 좋은데 말이지."

마빈에게서 늘 나는 비누 냄새가 났다. 보트처럼 우람한 어깨와 가슴에 데님 셔츠가 어울린다. 빨래 전문 태국인 파출부가 말끔하게 빨아놓은 마빈의 의류. 나는 견딜 수 없이 마빈을 안고 싶었다.

면바지와 램스킨 데크슈즈 사이로 보이는 복사뼈 때문인지도 모르겠다. 저 말끔한 셔츠의 단추를 하나하나 풀어 헤치고, 벨트를 푸는 시간도 아까워하며 가슴과 배에 키스를 하고 싶었다. 그렇게 마빈을 꼭 껴안고 싶었다.

"안 일어날 거야?"

물론 실제로는 그렇게 하지 않는다.

— 환한 방에서는 하기 싫어요.

마빈과 사귀기 시작한 지 얼마 안 되었을 무렵, 나는 분명하게 그렇게 표명했고 그 후로 마빈은 밤 — 또는 적어도 저녁때 — 이 아니면 나의 몸을 원하지 않는다.

"일어날 거예요."

우리는 카페 스탕달에 가서, 풍성한 미국식 브런치를 먹었다. 베이글에 크림치즈, 커피, 게살 샐러드, 프렌치프라이, 과일. 산책을 하고 페쿠에서 시장을 보고 집으로 돌아오자, 늦은 오후였다.

"편지가 와 있군."

식료품 주머니를 껴안은 채 마빈이 무릎을 구부리고 우편함에서 우편물을 꺼낸다. 밝은 갈색 머리칼이 햇볕에 비쳐 아름답다.

"당신에게 온 건데."

나는 앞서 계단을 올라가, 자동문을 연다.

"쥰세이 아가타."

귀를 의심했다. 등이 굳고 손가락의 움직임이 멈췄다. 뒤에서 올라오는 마빈의 경쾌한 발걸음 소리. 아가타 쥰세이. 마빈은 지금 그렇게 말한 것인가.

마빈은 그 하얀 봉투를 부엌 테이블에 아무렇게나 내던졌다. 냉장고를 열고, 사온 식료품을 넣으면서, "누구지?"라고 묻는다.

"네?"

"그 편지."

식료품 정리를 끝내고 마빈은 탁, 소리를 내며 캔맥주를 땄다.

"당신도 마실 거야?"

"아니, 됐어요."

나는 대답하고, 동작이 자연스럽게 보이기를 기도하면서 테이블 위에 놓인 봉투를 들었다.

"아가타 쥰세이. 대학 시절 친구예요."

흐음, 이라며 마빈은 캔맥주를 맛있게 마시고,

"저녁은 좀 느지막하게 먹자구"라고 말한다.

"그래요."

나는 간신히 미소 비슷한 것을 지었다.

한밤이 되어서야 편지를 읽었다. 마빈이 침실로 들어가기를 기다려, 부엌에서 읽었다. 파란 볼펜으로 쓰인 낯익은 쥰세이의 글씨. 쥰세이는 섬세하고 아주 예쁘고 꼼꼼하게 글씨를 쓴다.

다 읽는 데 노력이 필요했다. 편지지를 쥔 손가락에 힘이 주어지지 않았다. 읽는 도중에 기억이 밀려오기도 하고 숨이 갑갑하기도 해서 몇 번이나 중단했다. 그때마다 벽과 바닥과 천장을 쳐다보았다. 벽과 바닥과 천장, 냉장고와 식기 수납장과 전자레인지를. 숨을 들이쉬고, 숨을 토하고, 그럭저럭 다시 읽기 시작한다.

그것은 긴 편지였다.

이렇게 갑작스럽게 편지 써서 미안해. 정말 오랜만이군. 이 편지를 어떤 식으로 시작해서 어떤 식으로 끝맺어야 할지, 나 아까부터 골머리를 앓고 있어. 나 원래 편지를 잘 못 쓰잖아. 유난히 일본어를 좋아하고 독서가인 아오이에게 쓰려니 더욱 그렇네.

— 바보 같긴.

그렇게 말하며 아오이가 웃을까.

밀라노로 돌아갔다면서. 다카시에게 들었어. 그리고 완전히 새로운 생활을 하고 있다는 것도. 안심했다고 말해야겠지. 주소는 내가 다카시에게 억지로 알아냈어. 다카시에게 화내지 않기를 바랄게.

초여름이군.

— 밀라노의 초여름은 참 아름다워.

자랑스러운 목소리로 그렇게 말하던 너의 얼굴이 떠오른다.

나는 지금 우메가오카에 살고 있어. 너도 잘 알고 있는 그 아파트야. 학생 때 지내던 같은 방에서, 학생 때처럼 건들건들 지내고 있지. 아오이가 옆에 있었다면 나를 혼냈을 거야.

다카시가 그러더군. 너의 애인, 나이스 가이라고. 그 사람이 너를 아주 소중하게 여기고 있다는 것을 자기도 알겠더라고.

아오이. 너에게 사과해야 할 일이 있어. 그 때문에 이런 편지를 쓰고 있는 거야. 이미 지나간 일이고, 지금 새삼스럽게 이런 변명 따위 듣고 싶지 않겠지. 난 모르고 있었어. 이 방에 아버지가 찾아왔었다는 것도, 아버지가 네게 했다는 끔찍한 말도.

정말 미안해.

젊음과 부족함 탓으로 돌릴 생각은 없지만, 나 자신의 어리석음에 화가 나. 계류유산이었다면서. 결국 아이는 살 수 없었다는 것, 오늘에서야 알았어. 네가 수술했다는 말을 했을 때, 나는 내 감정대로 너를 비난하고 몰아세웠지. 부끄럽다.

장황하게 쓰고 말았군. 일본을 떠나, 태어나고 자란 밀라노에서 새로운 생활을 하고 있는 아오이에게, 과거의 불쾌한 일을 떠올리게 해서 미안해.

— 여전히 제멋대로군.

옛날처럼, 그런 말을 내뱉으면서 한숨을 쉬겠지. 그러고는 소리 없이 미소도 지을까. 용서해달라는 말은 못 하겠어. 사과하고 싶지만. 다만, 왜 모든 것을 얘기해주지 않았는지, 그 한 가지만은 섭섭하군.

잘 있어. 나이스 가이에게도 안부 전해주고.

나는 아오이만큼 식물에 박식하지는 않지만, 지금 하네기 공원은 녹음과 꽃으로 한창이야. 어린이 광장 쪽에는 들장미가 — 아마 들장미겠지 — 흐드러지게 피어 있고.

— 쥰세이

다 읽고서도 나는 한참이나 움직일 수 없었다. 뇌가 마비된 것처럼, 그저 멍하니 앉아 있었다.

"쥰세이."

조그만 소리로 중얼거리자, 그 이름은 어두운 부엌에 엄청난 위화감을 가져다주었다. 엄청난 위화감과, 눈사태 같은 그리움을.

편지지를 접어 봉투에 넣는다. 손가락이 떨렸다.

바람을 쐬고 싶어서, 편지를 집어넣고 침실 베란다로 나갔다. 곤히 잠들어 있는 것처럼 보이는 마빈이 실은 깨어 있을지도 모른다는 생각이 들었지만, 상관없었다. 6월의 밤공기는 눅눅하고 싸늘하고, 가로등이 자동차가 몇 대 노상 주차되어 있는 한산한 골목길을 비추고 있다. 태어나고 자란 밀라노의 거리.

믿을 수 없었다. 쥰세이에게서 편지가 왔다는 것도, 그 파란 볼펜으로 쓴 글씨를 이토록 사랑스럽게 기억하고 있다는 것도.

"쥰세이."

이번에는 분명하게, 그 이름의 울림을 확인하듯 중얼거렸다.

그다음 주에는 마빈의 일 관계로 온 손님 접대 때문에 분주한 나날이 이어졌다. 레스토랑을 예약하고, 호텔에 손님을 데리러 가고, 식사를 하고, 술을 마시고, 호텔로 다시 데려다주고. 한번은 우리가 사는 아파트에도 초대했다. 피트니스 클럽에는 마빈이 동행하고 쇼핑에는 내가 동행했다.

그러는 동안에도, 쥰세이의 편지가 한순간도 마음을 떠나지 않았다.

우메가오카. 그리운 언어가 도쿄의 공기와 함께 내 안으로 흘러들어와 온몸 구석구석을 채웠다.

마빈의 손님과 식사를 하고 있을 때도, 보석 가게의 의자에 앉아 있을 때도, 마빈이 정수리에 키스를 할 때도, 나는 그 공기를 껴안은 채였다.

봉인한 기억. 뚜껑을 닫아 종이로 싸고 끈으로 꽁꽁 묶어 멀리로 밀쳐내 버렸다고 여긴 기억.

모든 것을 기억하고 있었다.

그 거리도, 대학 생활의 흔해빠진 즐거움도, 쥰세이와의 일도 모두모두.

임신했다는 것을 알았을 때 나는 너무 무서웠다. 어렸던 것은 쥰세이뿐만이 아니었다.

그날 ― 비가 내렸다. 싸늘한, 도쿄의 겨울에 내리는 비 ―, 쥰세이의 아버지라는 사람이 아파트로 찾아왔다. 그 곁에 누군지 모를 여자가 있었지만 그녀는 자기를 밝히지 않았다. 나도 묻지 않았다.

― 누구지?

아버지라는 사람은 나를 보더니 불쾌하다는 듯 물었다. 차를 끓이려고 하자, 그럴 필요 없다고 퉁명하게 내뱉었다.

병원에서 받은 서류 ― 초음파 사진과 주의 사항이 인쇄된 종이 ―를 발견한 것은 여자 쪽이었다.

― 이것 좀 봐요.

놀란 듯 쥰세이의 아버지를 부르고, 그 목소리는 과연 놀란 듯하기도 했지만, 한편으로는 재미있어하는 것 같기도 했다.

그 목소리를, 지금도 가끔 꿈속에서 듣는다.

중절에 관해서, 하지만 쥰세이는 자책할 필요 없다. 수술은 나 스스로 결정한 일이었다. 무서웠다. 나 자신도 임신을 기뻐하지 못하면서, 쥰세이가 기뻐하지 않을 것이란 생각에 무서웠다. 수술해. 쥰세이의 입에서 그런 말을 듣게 된다면 견딜 수 없을 것 같았다. 왜 그런 짓을 했지. 차라리 그런 말을 듣는 편이 백만 배나 나았다.

벌써 오랜 옛날 일이다.

목요일, 비. 아르바이트를 끝내고 집으로 돌아와 샤워를 했다. 아마레토 록을 만들어 마신다.

재규어를 타고 돌아오는 마빈의 모습이 보이지 않을까 싶어 잠시 베란다에 나가 있었다. 잔을 흔들어, 얼음이 내는 소리를 듣는다. 달콤한, 호박색 액체.

나이스 가이에게도 안부 전해주고.

쥰세이는 그렇게 썼다.

그 사람이 너를 아주 소중하게 여기고 있다는 것을 자기도 알겠더라고.

라고도.

맞는 말이다. 나는 술에 입술을 댄다.

어제, 손님을 배웅하기 위해 마빈과 공항에 갔다. 조그만 위스키

잔은 실은 마빈이 산 것이지만, 늘 그렇게 하듯 내가 선물했다. 스탠드에서 마지막 커피를 마시고, 악수와 형식적인 키스를 나누고 게이트 앞에서 헤어졌다.

손님이 돌아가자, 마빈은 바로 그 자리에서 내 등을 꼭 껴안았다. 우리는 꼭 껴안은 채 서 있었다. 게이트 앞을 오가는 바쁜 사람들의 흐름을 바라보면서.

— 정말 완벽했어.

마빈은 내 정수리에 입맞춤하며 말했다.

— 사랑해.

나는 가슴 앞에다 마빈의 두 손을 꼭 누르고, 우리는 그렇게 달라붙은 채, 마치 다리를 이인삼각으로 묶은 사람들처럼 번갈아 내밀며 어색하게 걸었다.

재규어는 돌아오지 않았다.

나는 방으로 돌아가 아마레토를 더 따랐다. 젖은 머리칼이 목덜미에 들러붙는다.

— 아오이의 아름다운 목덜미.

목덜미에 입맞춤하는 쥰세이의 입술을 지금도 또렷하게 기억해낼 수 있다. 뜨겁고 부드러운 입술.

— 왜 그런 짓을 한 거지?

그때 쥰세이는 울고 있었다.

— 난 널 용서할 수 없어. 앞으로도 영원히 용서할 수 없을 거야.

나는 그를, 그런 식으로 상처 입힐 뜻은 없었다.

끔찍하도록 서로를 사랑했는데. 모든 것이 완벽하게 맞았는데. 내내 함께 살 수 있을 거라고 생각했는데.

정신을 차리자, 수화기를 들고 있었다.

내 손가락이 그 전화번호를 — 벌써 몇 년 동안이나 생각하지 않은 그 특정의 숫자를 — 정확하게 누르는 것을 묘한 기분으로 바라보았다.

도무지 현실 속의 일 같지 않았다.

생생한 발신음이 들리는 순간, 손가락 끝이 떨렸다. 일본 전화의 발신음.

> 네, 아가타입니다. 지금은 외출 중입니다. 이름과 메시지를 녹음해 주세요.

숨을 삼켰다. 쥰세이의 목소리였다. 나직하고 부드러운, 쥰세이의 목소리.

삐 — , 하고 귀에 거슬리는 소리가 났다.

동요한 나는 몇 초 동안 공동이 되었다. 그러고는 황망히 수화기를 내려놓았다. 서늘한 기운이 온몸을 휘감고, 소름이 끼쳤다.

"아오이?"

현관에서 마빈의 목소리가 들렸다. 나는 눈을 감고 호흡을 고른다.

대체 무슨 짓을 하려 한 것일까. 무슨 생각이었을까.

"여기 있었어?"

모스그린색 말끔한 양복 차림의 마빈이 얼굴을 내밀었다.

"어서 와요. 막 샤워하고 나왔어요."

등에 팔을 두르고 발돋움을 하면서 마빈의 귀에 대고 말했다. 마빈의 자동차 냄새가 난다. 우아하고 세련된 내장의, 편안한 마빈의 차 냄새.

"저녁은 파스타로 할까요? 금방 준비할 테니까."

Sure, 라고 대답하는 마빈의 침착한 목소리를 들으면서, 나는 그의 윗도리를 받아 들었다.

활짝 열린 창문으로 비를 머금은 공기가 흘러들어온다.

10

La Vasca De Bagno

욕조

나의 들판(La mia campagna).

과거 그렇게 부르며 사랑한 남자가 있었다. 들판처럼 넉넉하고, 환한 표정으로 웃는 사람이었다. 들판처럼 섬세하고, 그러면서 마음 어딘가에 야만적인 것을 품고 있는 사람이었다.

일요일, 구름. 개구리의 정원 옆 꽃가게에서 자잘한 백장미를 샀다. 거실과 세면대에 나누어 꽂는다.

"예쁜데."

스포츠 센터에서 돌아온 마빈이 말했다.

"아오이는 방의 정적을 더하는 꽃밖에 사지 않는군."

뒤에서 나를 껴안으며 마빈이 그런 말을 한다.

"좀 더 화려한 꽃이면 좋겠어요?"

아니, 라고 대답하는 마빈의 단호한 말투에, 나는 희미한 짜증을 느낀다. 용서받고 있음에 대한 짜증, 상처를 주고 있음에 대한 짜증. 나는 마빈에게 일상적으로 상처를 주고 있다.

다카시에게 화내지 않기를 바랄게.

쥰세이는 편지에 그렇게 썼다. 그야말로 쥰세이다운 말이다. 마음 좋고, 자상한.

하지만, 다카시에게 화를 내지 않을 수 없다. 쥰세이의 편지는 파괴였으므로. 미미한, 그러나 결정적인.

"사무실에 들렀더니 A씨에게서 팩스가 와 있더군. 당신에게 고맙다고 전해달라고 했어."

냉장고에서 다이어트 콜라를 꺼내, 오백 밀리리터 사이즈의 페트병에 입을 대고 단숨에 절반 가까이나 마신 후, 축축한 목소리로 마빈이 말했다.

"당신이 아주 마음에 든다고 했으니까. 이국적인 데다 총명하다고 말이야."

A씨란 바로 얼마 전에 밀라노에 체재한 마빈의 손님이다.

"난 당신이 자랑스러워."

마빈이 콜라로 축축하고 서늘해진 입술로 이마에 키스했을 때, 눈썹을 약간 찌푸렸던 것을 마빈이 알아차리지 못하기를 바랐다.

자랑스럽다고? 뭐가? 손님을 총명하게 접대했다고 해서? 마빈이 골라주는 고급스러운 옷을 세련되게 차려입는다고 해서? '이국적'

인 동양인의 얼굴을? 완벽한 영어를?

거기까지 생각하곤 비굴해져 있는 자신에게 치를 떨었다.

점심을 간단히 먹은 후, 목욕을 했다. 욕조에 뜨거운 물을 받는 동안, 마빈이 목덜미를 마사지해준다. 오후가 되자 비가 내리기 시작해 우리는 욕실 창문으로 비를 바라보았다.

"같이할래요?"

물이 차자 내가 물었다. 하지만 마빈은 스포츠 센터에서 샤워를 했기 때문에 괜찮다고 대답했다. 나는 알면서 물은 것이라고 생각했다.

"혼자서 천천히 즐겨. 왠지 조금 피곤해 보이니까."

그렇게 말하고 마빈은 내 어깨에 가볍게 입맞춤하고 나갔다. 그의 소중한 인형의 어깨에.

마빈과 같이 살기 시작했을 무렵, 나는 마빈의 넉넉한 아량에 구원을 받은 듯한 기분이었다. 마빈의 유머와 듬직한 팔과, 영어란 언어가 지니고 있는 명석함이 나를 안심시켰다. 우리들 사이에는 처음부터 어떤 유의 디스커뮤니케이션이 있어, 양쪽 다 그것에 의지하는 구석이 있었다. 우리 둘 다 겁쟁이인 것이다.

물속에서 손발을 뻗는다.

요즘, 나는 이전보다 훨씬 나태한 생활을 하고 있다. 쥰세이의 열정과 고집스러움, 행동력에 등을 돌리듯.

쥰세이로부터, 이미 멀리 떠났다고 생각했다.

다카시에게 화내지 않기를 바랄게.

쥰세이는 여전히 제멋대로다.

어렸을 적, 욕실 안에서 엄마에게 곧잘 노래를 배웠다. 하쿠슈(白秋, 20세기 초반의 시인 — 옮긴이)의 〈이 길〉과 노구치 우조(野口雨情, 20세기 초반의 시인, 동요 작가 — 옮긴이)의 〈비〉, 〈파란 눈의 인형〉 같은 노래다. 엄마는 목소리가 허스키했다

보답으로 나는 교가를 가르쳐주었다. 밀라노 일본인 학교의 교가. 엄마는 3절이 좋다고 했다. 그 3절은, 스카라의 창문에 불이 켜지면 오늘도 착실하게 커가는 밀라노의 우리 모교, 로 시작한다.

엄마는, 일본이 그리웠던 것이리라. 아버지가 아니면 의지할 사람도 없고, 말도 못하고, 외로웠던 것이라고 생각한다. 늘 밀라노의 날씨가 음울하다고 했었다.

목욕을 한 후 마빈과 낮잠을 잤다. 한 시간쯤 자고 눈을 뜨자 비는 여전히 내리고 있고, 저녁이라기에는 이른 시간인데 방 안이 소스라칠 만큼 춥고 어둡게 느껴졌다. 나는 마빈의 고른 숨소리에 귀를 기울였다. 잠든 얼굴이 지쳐 보였다 나는 살며시 볼을 부볐다.

그다음 주에도 죽 날씨가 안 좋았다. 기온도 7월치고는 싸늘했다.

여름휴가는 결국 미국에서 보내기로 정했다. 비행기 티켓을 알아보고, 안젤라에게 전화로 연락을 취했다.

하얀 장미는 좀처럼 시들지 않았다.

"오늘 밤에는 외식을 하지."

아침에 나가면서 차창 너머로 마빈이 말했다.

"가게로 데리러 갈게."

"알았어요."

나는 대답하고, 운전석으로 고개를 들이밀고 조그맣게 키스하고, 안개비가 뽀얗게 내리는 드라이브 웨이에 서서 배웅한다.

우리들은 일주일에 두세 번은 외식을 한다. 갓난아기 때문에 쩔쩔매고 있는 다니엘라는 '부러워서 죽을 지경인 생활'이란다.

아침 먹은 그릇을 씻고 있는데, 현관에서 문을 두드리는 소리가 났다.

"마빈?"

타월을 집어 손을 닦으면서 나가자, 복도에서 마빈의 키스와 부딪쳤다.

"잊어버린 거 있어요?"

"응. 데려다줄게."

마빈은 말하고 거실 소파에 앉았다.

"준비하는 데 몇 분이나 걸리지?"

나는 마빈이 무슨 소리를 하고 있는지 몰라 물었다.

"데려다준다구요? 왜?"

나는 평소 걸어서 가게에 간다. 도서관에 들를 때는 책이 무거워 내 차를 타고 가지만, 원래부터 걷는 것을 좋아하고 마빈도 그것을 알고 있다.

"비가 오니까."

"아아."

나는 피식 웃었다. 아닌 게 아니라 나는 비를 싫어한다. 비를 핑계 삼아 마빈에게 가게로 데리러 오라고 한 적도 있다.

"게다가, 돌아올 때 당신 혼자 자기 차 타고 올 수는 없잖아."

나는 다시 한 번 피식 웃었다.

"나도 우산 정도는 있어요."

마빈은 싱긋 웃으며, 우산 쓰고 혼자 가게 하고 싶지 않아, 라고 말했다.

"친절하군요(You are so sweet)."

내가 비를 싫어하는 이유를, 이 사람은 모른다.

나는 바로 준비했다. 진한 감색 양복에 옅은 파란색 와이셔츠, 베이지색 넥타이로 코디한 오늘의 마빈처럼, 깔끔한 베이지색 바지와 재킷을 골랐다. 마빈은 친절하다.

전신을 거울에 비추어 보며 확인하고 있는데, 등으로 어떤 시선이 느껴졌다. 돌아보자 아무도 없었다.

다카시가 그러더군. 너의 애인, 나이스 가이라고.

쥰세이는 그렇게 썼다.

밀라노로 돌아갔다면서. 다카시에게 들었어. 그리고 완전히 새로운 생활을 하고 있다는 것도.

나는 천천히 눈을 감고, 쥰세이의 그림자를 몰아낸다. 다시 눈을 뜨고, 나는 마빈이 기다리는 거실로 바삐 나갔다. 이곳에서의 '새로운 생활' 속으로.

가게에 도착하자 알베르토가 벌써 공방에서 일하고 있었다. 커다란 작업대 한가득 어질러져 있는 체라 조각들.

"안녕. 여전히 사이가 좋군요. 창문으로 다 보였어요."

라디오에서 낮은 소리로 흐르는 디제이의 목소리, 그리고 가요곡. 비 내리는 날, 공방 안은 회반죽과 약품 냄새가 짙게 떠다닌다. 선명한 초록색 용제, 아름다운 핑크색 알코올.

우리는 같이 아침 커피를 마셨다.

"열심이네요."

작업대에 펼쳐져 있는 여러 장의 디자인을 보면서 나는 말했다.

가을에 보석 세공사의 기술을 겨루는 콩쿠르에 나간다면서 알베르토는 연구에 여념이 없다. 실력 겨루기에는 별 관심이 없다지만 활기차고 신나 보이는 것은 아마도 타고난 성실함 때문이리라. 커피 잔을 쥔 알베르토의 믿을 수 없을 정도로 하얗고 가늘고 섬세한 손가락.

"비가 그치질 않네요."

노래하듯 말한다.

"그렇네요."

나는 뜨거운 커피를 한 모금 마신다. 창밖의 모든 것은 속속들이 젖어, 흑백 영화처럼 제 색을 잃었다.

브리졸라에 자리가 예약돼 있었다. 마빈은 과거 귀족의 저택이었다는 이 레스토랑의 고기 요리를 좋아한다.

비는 여전히 그치지 않고 있다.

요리는 하나같이 맛있었다. 우리는 식전주를 마신 후 와인을 한 병 주문했다. 그것을 디저트 대신으로 식후까지 마셨다. 미국에 가면, 이번에야말로 가족을 만나주었으면 한다. 마빈은 그렇게 말했다.

돌아올 때는 내가 운전을 했다. 나의 두 배 정도는 마신 마빈은, 집에 돌아오자 윗도리를 벗고 거실 소파에서 잠들고 말았다. 장미는 방의 정적을 조장하는 것이 아니라 방의 온도를 약간 떨구어놓는다고 생각했다. 그리고 아마도 혼자만의 고독을 강조하는 것이리라.

"마빈."

나는 마빈을 흔들어 깨우려 했다.

"침실까지 걸어요. 미안하지만 나는 당신을 업고 갈 수가 없어요."

그럴 수 있다면 좋겠다고 생각했다. 마빈을 사뿐 업고 침대로 옮길 수 있다면 좋을 텐데. 나는 할 수 없는 일이 너무 많다. 마빈을 위해 해줄 수 있으면 좋겠다고 생각하는 모든 것.

"아오이."

마빈이 두 팔을 뻗어서, 나는 원하는 대로 몸을 구부렸다. 내 목을 감싸는 마빈의 팔. 겉보기에 딱딱한 인상과는 달리 만지면 부드러운 마빈의 털. 나는 눈을 감고, 비누 냄새를 닮은 마빈의 냄새를 빨아들였다.

그날 밤 나의 잠은 얕았고, 밤중에 몇 번이나 눈을 떠야만 했다. 그리고 새벽녘에는 끝내 잠을 이룰 수 없었다.

잠든 마빈의 숨소리를 들으면서 천장을 가만히 보고 있었다. 하얀 시트, 거꾸로 세운 초롱 같은 모양의 동그란 종이갓 스탠드. 이곳에서의 나와 마빈의 생활을, 다카시는 쥰세이에게 대체 어떤 식으로 전한 것일까.

숨을 죽이고 침대 소리가 나지 않도록 주의하면서, 풀기가 죽어 발에 익은 차이니즈 슈즈에 두 발을 넣었다.

부엌 의자에 앉아, 물을 한 잔 마신다. 오븐의 디지털시계는 오전 0시 40분을 가리키고 있다. 조용하고 청결한 부엌. 나는 고개를 숙이고 내 발과 대리석 바닥의 모양을 바라보았다. 어린애 같은 단순함으로.

그리고, 싫어도 인정하지 않을 수 없었다. 고작 편지 한 통으로, 쥰세이는 나를 이렇듯 혼란에 빠뜨릴 수 있다는 것을. 간단하다는 것을.

그 파란 잉크의 볼펜 글씨.

나는 그 편지를 외우고 말았다.

아오이. 이렇게 갑작스럽게 편지 써서 미안해. 정말 오랜만이군. 이 편지를 어떤 식으로 시작해서 어떤 식으로 끝맺어야 할지, 나 아까부터 골머리를 앓고 있어.

아오이.

그 한 마디에 쥰세이의 목소리가 되살아난다. 쥰세이는, 늘 쥰세이밖에 할 수 없는 방식으로 그 이름을 발음했다. 모든 언어를. 성실하게, 애정을 담아.

나는 그가 이름을 불러주면 좋아했다.

아오이.

아주 조금 주저하다가, 부드러운 목소리로 불렀다. 그 목소리의 온도를 좋아했다.

쥰세이의 목소리가 듣고 싶었다. 지금 당장 듣고 싶었다. 세월 따위 아무 소용 없었다.

지금이라면 좀 더 제대로 말할 수 있을까. 그건 네 잘못이 아니라고. 무서웠다고. 나도 너무 어렸다고. 당신을 잃고 싶지 않았다고. 외로웠다고. 도쿄는 밀라노의 일본인 학교 속 일본과는 전혀 달랐다고. 외톨이였다고. 오직 쥰세이만이 그런 나를 알아주었다고. 한시도 떨어져 있고 싶지 않았다고. 사실 내내 붙어 다녔고, 오누이처럼 어디든 함께였고, 모든 일이 즐거웠다고. 행복했다고. 그리고, 그런 식으로 헤어지고 싶지 않았다고.

부엌 전화는 벽에 붙어 있다. 선 채로 긴 번호를 눌렀다.

"네, 아가타입니다."

혈관에 소름이 끼쳤다. 발이 얼어붙고 말았다. 쥰세이의 목소리였다. 자동응답기가 아니었다.

"죄송합니다. 번호를 잘못 눌렀습니다."

겨우 그런 말만 하고, 전화를 끊었다. 난폭하게 끊었는지도 모르겠다.

"아오이."

돌아보니 마빈이 서 있었다.

"뭐 하고 있어?"

금방은 대답할 수 없었다. 아직도 떨고 있었다.

"전화요."

몹시 피곤했다. 마빈과는 얘기하고 싶지 않았다.

"알고 있어. 누구에게 전화를 걸고 있었는지, 그걸 묻는 거야."

마빈의 표정이 굳어 있었다. 갈색 눈이 애조를 띠고 있었다. 마빈에게 상처를 주고 싶지는 않았지만, 동시에 아무래도 상관없을 듯한 기분도 들었다.

"잠이 안 와서, 도쿄에 있는 친구에게 전화를 걸었어요. 그쪽은 지금 마침 점심때니까."

"도쿄의 누구?"

마빈은 내 말을 믿고 있지 않았다. 당연하다. 지금까지 한 번도 '도쿄의 친구들'에게 전화를 건 적이 없었으니.

"친구에게 걸었다면서, 한 마디만 하고 끊었잖아."

나는 자신의 눈썹이 치켜올라가는 것을 느꼈다.

"언제부터 거기 있는 거예요? 전화를 엿듣기라도 한 건가요?"

마빈은 자조적으로 씁쓸히 웃었다.

"걱정할 거 없어. 나는 어차피 일본 말을 모르니까."

나는 한숨을 쉬었다.

"그만둬요, 쓸데없는 짓이에요. 아무 일도 아니에요. 결국 아무하고도 얘기하지 않았으니까."

"어디 가려고?"

나가려는 나를, 마빈이 불러 세웠다.

"욕실요. 욕조에 물 받으려고요."

덩치가 큰 마빈이 입구를 가로막자, 위압감이 느껴졌다.

"또 욕실로 도망치는 거야?"

나는 양팔을 벌리고 고개를 갸웃했다.

"뭐라구요? 내가 어쩐다구요?"

이번에는 마빈이 한숨을 쉬었다. 그러고는 아주 천천히, "얘기 좀 해, 우리(Let's talk)"라고 말한다.

"무슨 얘기(Talk what)?"

냉장고에서 낮은 신음 소리가 났다.

"아오이는 대체 나를 어떻게 생각하고 있는 거지. 내가 바보야? 얼간이야? 내가 아무것도 모르는 줄 알아?"

나는 아무 말도 하지 않았다. 마빈의 말이 옳다고 생각했으니까.

"아뇨."

간신히 대답했다.

"당신은 바보도 아니고 얼간이도 아니에요."

기묘한 틈이 생겼다.

"알았어. 그럼 얘기를 하지."

Let's talk, 하고 마빈이 똑같은 말을 반복했다.

"Talk what?"

나도 같은 대답을 했다. 다시 틈이 생겼지만, 이번의 틈은 영원처럼 생각되었다. 마침내 마빈이 입을 열었다.

"모두 다."

나는 그냥 가만히 있었다.

"또 말이 없군. 당신하고는 말다툼도 할 수 없는 건가?"

마빈은 나를 용서해주지 않았다. 이번에는 가차없었다. 용서해줄 마음은 더 이상 없는 듯했다.

"왜 그러는 거야. 어째서 자기를 가두는 거지. 비난하는 게 아니야. 다만 얘기해주었으면 할 뿐이라구."

마빈의 얼굴이 고통에 일그러지는 것을, 나는 그저 물끄러미 쳐다보았다. 똑같다, 고 생각했다. 옛날에 쥰세이도 같은 말을 했었다.

그 순간, 나는 완벽하게 이해했다. 나는 이 사람을 잃을 것이다. 지금 그야말로 잃으려 하고 있다.

마빈은 고삐를 늦추지 않았다.

"내가 그 편지를 눈치채지 못했는 줄 알아? 당신이 벽장에다 소중하게 간직해놓은 그 편지를?"

나는 표정을 바꾸지 않았다고 생각한다.

"얘기해주지 않을 거야? 그 편지가 누구에게서 온 것이고, 지금 누구에게 전화를 걸었는지."

나는 대답하지 않았다. 오로지 목욕을 하고 싶었다.

"아오이?"

"당신은 추궁하지 않을 거라고 생각했어요. 당신은 그런 말 하지 않을 거라고 생각했어요."

마빈이 정말 화가 난 것은 이 순간이었다고 생각한다.

"당신은, 이라니 누구랑 비교하고 있는 거야?"

마빈은 "Who"를 연발했다.

내가 바위처럼 말이 없자, 마빈은 주먹으로 벽을 힘껏 치고, "Fuck!"이라고 내뱉듯 말하고는 나가버렸다. 침실 문이 거칠게 닫혔다.

이미 날이 밝아오고 있었다.

나는 부엌 의자에 앉은 채 꼼짝도 하지 않았다. 벌써 몇 년 전, 쥰세이를 잃었을 때의 일을 생각하고 있었다.

— 왜 헤어지지 않으면 안 되는 거야?

나로서는 거의 매달리다시피, 간신히 꺼낸 한 마디였다.

— 왜냐구?

쥰세이는 놀란 듯했다.

— 너란 인간은. 도무지 믿을 수가 없군.

쥰세이는 점점 더 상처를 받는 듯했다.

— 우리가 지금까지 지내왔던 것처럼, 아무 일도 없었다는 듯이 지낼 수 있을 것 같아?

상처를 입으면 공격적이 되는 것은 남자들의 본성일까.

— 어처구니가 없군.

토하듯 말했다. 쥰세이는 그때 청회색 스웨터를 입고 있었다. 별 쓸데없는 것까지 기억하고 있다.

— 나가줘.

그렇게 말했을 때, 쥰세이는 이미 내 얼굴을 보고 있지 않았다.

겨울이고, 하네기 공원에는 서리가 내려 있었다.

나가라고 하지 마.

그때나 지금이나, 그 말은 고집스럽게 입 밖으로 나오지 않는다.

마빈은 아침도 먹지 않고 나가버렸다.

마빈이 나가는 소리를 듣고서, 나는 욕조에 물을 받아 천천히 목욕을 했다. 그리고 가방에 짐을 꾸렸다.

11

C'è posto

있을 곳

알베르토가 은상을 받았다. 보석 세공사의 기술을 겨루는 콩쿠르, 최종 심사의 모습은 텔레비전에서도 방영되었다. 자유 창작 외에, 일정한 시간 내에 얼마나 정확하게 어느 정도의 일을 해낼 수 있는지, 또 제공된 재료로 오리지널리티를 살린 창의적인 작품을 만들어낼 수 있는지 등등을 겨루는 대회였고, 그 텔레비전 프로그램 자체가 상당히 오락성이 높은 것이었다.

승패는 어느 쪽이든 상관없었다. 묵묵히 작업하는 알베르토의 열의와 성실함이 보기 좋아, 나와 다니엘라와 루카는 그저 열심히 응원을 보냈다. 금상은 아니지만, 다 보고서 우리는 모두 훌륭하다고 입을 모았다. 방구석에서는 아레시아가 쌔근쌔근 잠자고 있다.

1999년, 가을. 마빈의 아파트에서 나온 지 석 달이 된다.

"한 병 더 마실까?"

빈 와인 병을 들어 올리며 다니엘라가 물었다.

"아니, 됐어. 이제 그만 갈래."

내가 그렇게 대답하고 일어나자, 다니엘라도 루카도 가볍게 어깨를 으쓱하며, 그냥 편하게 지내다 가지그래, 라고 말한다. 따스한 나의 친구들.

"자고 가면 되잖아."

루카의 말을 들으면서 나는 재킷을 걸쳤다. 잠들어 있는 아레시아의 얼굴을 보고 인사를 하고, 다니엘라와 루카의 볼에 키스를 하고 밖으로 나온다. 하늘이 깨끗한 밤이다. 별이 잘 보인다. 밀라노에서는 드문 일이다.

"조심해서 가."

손을 마주 잡은 두 사람의 배웅을 받으면서 차에 올랐다. 벤츠가 아니라 중고 피아트다. 짙은 초록색이다. 차종 따위, 움직일 수만 있으면 무엇이든 상관없다. 안전벨트를 하고 시동을 걸었다.

마빈의 아파트에서 나온 날, 나는 다니엘라네 집으로 찾아갔다. 다니엘라는 기꺼이 재워주었고, 감정이 북받치는지 몇 번이나 나를 껴안으면서 내 얘기를 들어주었다. 하지만 물론, 그녀가 나를 이해할 리가 없다. 삼 주 후, 지금 사는 아파트를 빌릴 때까지 신세를 지는 내내 마빈에게로 돌아가야 한다는 말을 수도 없이 들어야 했다.

— 마빈은 너를 사랑하고 있어.

그 여름날의 해 질 녘, 내 얘기를 실컷 들어준 후에 시원한 차를 들고 나와, 그런 말을 했다.

— 아오이는 좀더 어른스러워져야 할 것 같아.

— 맞는 말이야.

내가 말하자, 다니엘라는 기가 차다는 표정이었다.

— 몇 번이나 말했지만, 마빈은 완벽하다구.

나는 희미하게 미소 지으며 또,

— 맞는 말이야.

라고 대꾸할 수밖에 없었다.

밤이 되자, 마빈이 나를 데리러 왔다

— 아무튼 같이 돌아갔으면 해.

아직도 화가 난 얼굴로, 그런데도 애써 냉정하고 온화하게 마빈은 말했다.

— 얘기는 시간을 두고 천천히 하면 되니까.

하지만, 내게는 할 말이 없었다. 한 마디도. 그것만은 분명했다. 그래서, 돌아갈 수 없었다.

마빈은 그다음 날도 찾아왔다. 상황은 어제와 똑같았고, 마빈도 그것을 알고 있었다.

— 정말 고집이 세군.

마빈이 쓸쓸하게 웃었다.

— 난 포기하지 않아. 그 집에서 당신이 돌아오기를 기다리고 있을 거야.

나는 돌아간다는 것이 어떤 의미인지 모른다. 돌아갈 장소. 줄곧 그런 장소를 찾고 있는 듯한 기분도 들지만, 한 번도 없었다.

준세이가 보고 싶었다.

기묘한 열정으로, 그냥 그렇게 생각한다. 만났다고 해서 뭐가 어떻게 되지 않는다는 것은 잘 알고 있다. 다만 쥰세이와 얘기하고 싶었다. 내 말이 통하는 사람은 쥰세이밖에 없다.

나빌리오 운하 근처에 있는 아담한 아파트는, 욕조가 크다는 이유만으로 결정했다. 거실 옆에 조그만 부엌이 달려 있을 뿐, 조그만 침실 하나밖에 없는 간소한 아파트다. 금방이라도 고장이 날 듯한 엘리베이터를 타고 삼 층으로 올라가, 제일 끝방. 베란다에 나가면, 돌이 깔려 있는 언덕길이 보인다. 햇볕은 잘 들지 않아도, 조용해서 나는 무척 마음에 든다.

이달부터 보석 가게의 아르바이트를 풀타임으로 바꾸었다. 마빈을 만나 함께 생활하기 이전처럼. 가게에 있는 동안은, 적어도 할 일이 있으니까 마음이 가라앉는다. 일은 정신을 안정시켜준다.

변함없이 나의 행동 범위는 놀랄 만큼 좁다. 아파트와 가게와 도서관. 나머지는 가게 옆에 있는 산피오네 공원과, 다니엘라의 집과 슈퍼마켓, 때로 바람을 쐬러 가는 개구리의 정원 정도다.

책벌레.

어릴 적 들은 말 그대로, 가게에서도 손님이 없을 때는 책을 읽는다. 결국, 사람은 그다지 성장하지 않는지도 모르겠다.

알베르토에게는 축하 전화를, 다니엘라에게는 고맙다는 전화를 걸고 욕실에 들어갔다. 알베르토는 집에 없어, 자동응답기에 메시지를 남겨두었다. 잠들기 전에는 지금도 아마레토 록을 마신다. 그러나 여기에 크리스털 잔 따위는 없으니까, 그냥 보통 잔에 따라 마신다.

알베르토를 축하하는 파티가 보석 가게 옆 레스토랑에서 열렸다. 아주 친한 사람들만 모인 조촐하지만 푸근한 모임이었다. 경기 날의 고양감이 거짓말이었던 것처럼, 알베르토는 내내 수줍어하고 말수도 적었다. 때로는 거북해하는 것처럼 보이기까지 했다.

"어머, 오늘 마빈은 어떻게 된 거야?"

몇 사람이 그렇게 물었다. 알베르토의 여자 친구와, 가게의 단골손님들이. 그때마다 나는 어깨를 으쓱하거나 미소 짓거나, 끝났어요(Quello ĕ finito)라고 말하지 않으면 안 되었다. 에스코트 없는 파티. 레스토랑은 음악이 시끄럽고, 난방과 사람들의 입김 때문에 숨이 막힐 정도로 덥고, 향수와 음식과 알코올이 섞인 냄새가 났다.

"괜찮니?"

가끔 다니엘라가 걱정해주었다.

도중에 지나와 파올라가 노래를 불렀다. 그때만 음악이 멈추었고, 노래가 끝나자 환성이 일었다. 평소에도 명랑한 파올라는 물론, 성격이 까다로운 지나도 일찍 돌아가기는 했지만 즐거워 보였다.

성실하게, 장인이기보다는 공작을 좋아하는 소년 같은 얼굴로 일하는 알베르토. 그를 위해, 모두들 이 수상을 기뻐했다.

파티가 끝난 후, 다니엘라와 루카, 알베르토와 알베르토의 여자 친구, 그렇게 다섯 명이서 Biffi에 갔다. Biffi는 지나와 파올라, 거기다 페데리카의 단골 가게다. 조그맣고 오래된 바.

"축하해요."

나는 다시 한 번 말하고, 잔을 부딪쳤다.

"수상보다는 모두들 축복해주어서 더 기뻐요."

알베르토가 말했다.

"인생이 행복하게 느껴지는군요"

라고도. 그리고 그 말은 왠지 나를 몹시 고독하게 만들었다.

11월이 되자, 연일 비가 내렸다. 싸늘하고 음울한 이 도시의 비.

마빈이 가끔 보석 가게에 얼굴을 내밀었다. 옛날처럼. 변함없이 덩치가 크고, 양복이 잘 어울리고, 넉넉하고, 청결한 냄새가 나는 마빈.

— 어떻게 생각해?

몇 가지 상품을 비교하면서, 꼭 나의 의견을 묻는 마빈. 하지만 우리는 더 이상 함께 집으로 돌아가는 일도 없고, 마빈이 같이 식사를 하러 가자는 일도, 영화를 보러 가자는 일도, 술을 마시러 가자는 일도 없다.

하루하루가 조용히 흘러간다. 내 바깥에서. 마빈과 다니엘라와 알베르토만 태우고.

아파트 현관에 포스터를 붙였다. 무심히 보러 간 전시회에서 마음에 들어 산 것이다. 미국 도서관의 독서 주간 포스터.

방을 꽃으로 장식하는 일은 더 이상 하지 않는다. 돈도 없고, 꽃이 있으면 필요 이상 고독해지기 때문이다.

일하는 시간을 제외한 나머지 시간 전부를 자신을 위해 쓸 수 있다는 것은 정말이지 자유로운 일이다. 자유롭고 따분하고.

나는 여전히 하루에도 몇 번 목욕을 하고, 욕조 안에서 책을 읽는다.

— 또 욕실로 도망치는 거야?

그날 마빈은 그렇게 말했다. 마빈은 옳다. 옳고 공정하다.

요즘은 모차르트만 듣고 있다. 모차르트가 빚어내는 선율의 균형 잡힌 아름다움이 좋다.

— 양가죽 반코트 보내줄까? 와인색, 털 달린 거 말이야.

지난번에 마빈이 그런 말을 했다.

— 물론 택배로 보낼 거야. 내가 직접 가지는 않을 거니까, 안심해.

농담 비슷하게 그렇게 말하고 웃었다. 하지만 보내지 말라고 했다. 예쁜 속옷도, 고급스러운 구두도, 값비싼 보석도, 따뜻한 겨울옷도.

내 짐은 아주 적다. 마빈을 만났을 때, 나는 아무것도 가진 게 없었다. 지금 역시, 아무것도 없다.

— 내가 갖고 있어 봐야 소용없잖아.

그야 그렇지만, 그것은 내 것이 아니다. 언젠가 마빈에게 새로운 애인이 생기면, 그 여자가 처분할 것이다.

그 아파트에 남겨둔 것 중에, 마음에 걸리는 것은 한 가지밖에 없다.

주소(Indirizzo).

만약 또 쥰세이가 편지를 보낸다면, 마빈은 내게로 보내줄 것인가.

아마도 그러리라.

마빈은 공정하니까. 어른이니까. 친절한 사람이니까.

그렇다면 전화는?

거기까지 생각하다가, 자신에게 넌더리를 내고 말았다. 나는 대체 뭘 기다리는 것일까.

한편으로 나는 줄곧 마빈을 그리워하고 있다. 밤이 올 때마다, 혼자 자는 침대의 한없음에 소름이 끼친다. 마빈의 살과 냄새와, 체온과 잠든 숨소리를 애타게 그린다. 누군가와 함께 산다는 것, 누군가가 항상 곁에 있어준다는 것. 쥰세이와는 서로의 집에 곧잘 묵었지만, 같이 산 적은 없었다. 누군가와 생활을 함께하는 데서 오는 안심도, 온도도, 번거로움도, 나는 마빈에게서 배웠다.

—난 포기하지 않아. 그 집에서 당신이 돌아오기를 기다리고 있을 거야.

그런 밤에는 낮고 침착한 마빈의 목소리만 되새긴다.

아마레토란 술은 크리스털 잔으로 마시는 편이 훨씬 맛있다.

돌아갈 장소.

사람은 대체 언제, 어떤 식으로 그런 장소를 발견하는 것일까.

잠 못 드는 밤, 나는 사람을 그리워함과 애정을 혼동하지 않도록 세심한 주의를 기울이며 매사를 생각하지 않으면 안 된다.

"어머니는 건강하시니?"

주름진 손으로 담배에 불을 붙이고, 늘 그러듯 페데리카가 물었다. 비 내리는 토요일. 끝내 밀라노에 정들지 못한 엄마를, 페데리카가 왜 그리 염려하는지 나는 이해할 수 없었다.

"종일 일하는 거, 이제 할 만해?"

네, 라고 대답하고 젤리를 한 개 집었다. 불투명한 분홍색 유리 과자 접시는 옛날부터 이 집에 있는 낯익은 것이다. 내가 초등학생이었을 때, 페데리카는 이 접시에 메렌다를 수북하게 담아 우유와 함께 차려주곤 했다.

"바쁘기도 하고, 일하는 보람도 있어요."

사실 알베르토가 은상을 받은 후, 가게는 날로 번창하고 있다.

"그것 참 잘됐구나."

페데리카는 싱긋 웃으며 말했다. 조용한 오후다. 라디오에서, 낮은 볼륨으로 토크쇼가 흐르고 있다.

"크리스마스 때는 일본에 갈 거야?"

갑작스럽게 페데리카가 그런 질문을 했다.

"일본에요? 아뇨. 왜요?"

페데리카는 내 반문에는 대답하지 않고, 가느다란 담배 연기를 토한다. 달콤한 담배 향.

"크리스마스 때도 아마 여기 있을 거예요."

아직 아무것도 결정하지 않았지만, 모라비아의 자전이나 읽을까, 하고 생각하고 있다.

"왜?"

페데리카가 물었다.

"네?"

"왜 일본에 가보지 않느냐구."

이번에는 내가 침묵할 차례였다.

"그만한 이유가 있어서 미국 남자와 헤어졌을 것 아니니? 이유나 결심이."

나는 고개를 갸웃했다. 무슨 말을 하는 건지 모르겠다는 식으로. 그리고, "결심 같은 거, 그런 거 없어요"라고만 대답했다.

페데리카는 갈색 눈동자에 미소를 머금은 채,

"정말 그래도 괜찮은 거니?"

라고 물었다. 방 안에서도 굽이 있는 구두를 단정하게 신고, 무릎을 가지런히 모아 앉는 페데리카.

"제가 그 아파트에서 나온 것은……."

이라고 나는 말했다.

"거기는 내가 있을 곳이 아니라고 생각해서예요. 일본에 제가 있을 곳이 없었던 것처럼요."

엄마와 달리, 나는 이 도시의 인간이다. 국적이야 어떻든 간에.

창밖에는 여전히 비가 내리고 있다. 소리도 없이, 그러면서도 전혀 그칠 기미가 없다.

"아오이."

페데리카의 방은 기묘하다. 방 전체가 페데리카 같다.

"네?"

담배를 낀 손가락에, 오늘도 남편에게 선물 받은 묘안석 반지를 끼고 있다.

"사람의 있을 곳이란, 누군가의 가슴속밖에 없는 것이란다."

페데리카는 내 얼굴도 보지 않고, 그렇게 말했다. 거의 혼자 중얼거리듯.

돌아오는 길에 개구리의 정원에 들렀다. 비가 내려, 지붕이 있는 회랑을 한 차례 걷는다. 묵직하고 낮게 구름진 하늘. 정원은 십자 모양 오솔길을 따라, 정확하게 사 등분되어 있다. 중앙의 분수를 둘러싸듯, 네 그루 나무, 네 마리 개구리. 백목련 마른 가지가, 주위의 녹음과 아치 탓에 마치 라파엘로 전파의 그림 같다.

누군가의 가슴속.

비 냄새 나는 싸늘한 공기를 들이켜며, 나는 생각한다. 나는 누구의 가슴속에 있는 것일까. 그리고 내 가슴속에는 누가 있는 것일까. 누가, 있는 것일까.

쥰세이가 보고 싶다, 고 생각했다. 쥰세이를 만나 얘기하고 싶다. 다만 그뿐이었다.

집으로 돌아와서는, 욕조에 물을 받아 목욕을 했다. 이 아파트의 욕실은 넓지만 살풍경하다. 벽 페인트는 여기저기 벗겨져 있고, 타월 걸이에 걸어둔 분홍색 타월은 왠지 서글퍼 보인다. 커다란 샴푸, 세탁용 세제.

밤에 다니엘라에게서 전화가 왔다. 루카와 외식을 했는데, 얼굴 보러 들르겠노라고 한다. 내가 마빈과 헤어진 이후로, 다니엘라는 그런 식으로 나에게 신경을 쓴다.

열 시 전에 두 사람이 찾아왔다. 폴 랜드란 화가가 그린 검은 포스터 — 1958년 독서 주간의 포스터 — 앞에서 키스를 하고 포옹을 하고, 거실에서 술을 한 잔씩 마셨다. 크래커와 병에 담긴 올리브를 안주 삼았다.

"잘 지내니?"

요즘 들어 두 사람은 아레시아를 할머니에게 맡기고, 이렇게 가끔 외출을 한다.

나는 낮에 페데리카를 찾아갔던 일과 지난주에 본 영화 얘기를 했다.

"팔찌 멋지다."

다니엘라는 내가 최근에 산 은팔찌를 칭찬해주었다.

두 사람은 오늘 노베첸토에서 식사를 하고, 다니엘라는 그 거대한 크레페까지 혼자서 깨끗하게 해치우고 오는 길이라고 한다.

"같이 영화 보러 가면 좋겠다."

루카가 말했다. 과거, 목요일 밤이면 넷이서 보러 가곤 했었다.

"그러네."

나는 싱긋 웃으며 대답했지만, 셋이서 갈 마음도, 또 따라 나설 마음도 없었다.

"바빠?"

나는 루카에게 물었다. 루카는 어깨와 눈썹을 동시에 치켜올리며, 어느 쪽이랄 수도 있는 제스처를 취한다.

"며칠 있다 같이 쇼핑하러 가자."

다니엘라가 말해서, 나는 "그래, 좋아"라고 대답하고, 와인 잔을 들어 올렸다.

나의 생활. 나의 거리. 시간은 확실하게 흘러간다. 다니엘라와 루카 같은 친구가 있고, 페데리카가 있고, 일이 있고, 지나와 파올라와 알베르토가 있다. 더 이상, 바라는 무엇이 있을까.

12월이 되자 크리스마스 카드가 몇 장 날아왔다. 영국에 사는 부모님과 미국에 있는 안젤라에게서다. 안젤라의 카드에는, 여름 여행이 중지되는 바람에 만날 수 없어서 아쉬웠다, 마빈과 헤어졌다니 유감스럽다, 그리고 마빈과 함께가 아니라도 좋으니까, 미국에 오면 꼭 연락하라고 쓰여 있었다. 안젤라다운 소박함과 간결함으로. 물론 그것은 온정 어린 글이었지만, 나는 그 글을 읽고 새삼 마빈과 헤어지고 말았다는 것을 확인하는 기분이었다. 고독할 때, 친절과 우정은 고독을 더욱 조장한다.

겨울은 기억을 소생시키는 계절이다.

엄마가 만든 수프, 다니엘라와 하얀 숨을 토하며 다닌 발레 교실, 마빈과 걸었던 거리, 그리고 쥰세이.

―아오이.

쥰세이는 약속 시간에 항상 조금씩 늦었다. 하지만 나는 전혀 개의치 않았다. 책을 읽으며 기다리곤 했다. 쥰세이를 기다리는 시간을 좋아했다. 예를 들면 우메가오카 역 앞의, 조그만 델리커테슨에서. 샐러드의 종류가 풍부한 가게였다. 로스트 비프 샌드위치가 맛있었다. 창 너머로 건널목과 플랫폼이 보였다. 크리스마스에는 샴페인을 마셨다. 학생다운 조심스러움으로, 조그만 델리커테슨에서. 쥰세이가 입고 있던 더플코트도 기억하고 있다.

그 쥰세이를 잃은 것도 겨울이었다. 메마르고, 추운, 도쿄의 겨울.

크리스마스가 가까운 어느 날, 파올라가 할 얘기가 있다고 했다. 그래서 그날은 가게 문을 닫은 후 남아 있었다. 알베르토도 남았다.

"곧 지나가 올 테니까, 그때까지 차라도 마시면서 기다리자구."

파올라가 말하자, 알베르토가 준비를 했다. 알베르토는 홍차를 잘 끓인다. 가게 안은 난방이 들어와 따뜻하고, 입구 옆에는 포인세티아 화분이 놓여 있다. 그런데도 문을 닫은 후의 가게는 왠지 쓸쓸하다.

마침내 지나가 애완견을 데리고 나타났다.

"아이, 추워. 눈이 내릴 것 같아."

얼굴을 찡그리며 그렇게 말했다.

"자, 그럼 다 모였군."

파올라가 방글거리며 말을 꺼냈다.

"할 얘기란 말이지, 간단해. 앤티크 장사를 그만두려고."

깜짝 놀랐다.

"나나 지나나 나이도 많고. 다행히 창작물이 잘 팔리고 있으니까 — 두 번째 지점도 생겼다 — 우리는 아무 걱정 안 해."

파올라가 웃는 얼굴로 설명했다.

"그렇다고 가게 문을 닫는 것은 아니니까, 아오이하고 알베르토의 일은 변함없어."

지나는 조그만 스툴에 걸터앉아, 애완견을 무릎 위에 앉혀놓고 쓰다듬고 있다. 다리가 너무 가느다랗다.

생각해보면 타당한 말이었다. 알베르토를 중심으로 공방의 세공사들이 만들어내는 창작 보석에 비해, 지나와 파올라가 사들이는 앤티크는 해마다 판매가 줄어들고 있다. 파올라는 그렇다 치고, 몸이 허약해진 지나가 물건을 사러 돌아다닌다는 것은 무리다.

"이제 물러날 때가 된 거야."

통통한 옆얼굴에 미소를 머금은 채, 파올라가 조금은 아쉬운 듯한 목소리로 말했다.

"아오이하고 알베르토가 섭섭해한다는 것은 알아."

나는 뭐라고 대답해야 좋을지 몰랐다. 알베르토는 찻잔을 만지작거리고 있다.

"어쩔 수 없군요."

그가 얼굴을 들고, 분명한 목소리로 말했다.

"그래."

지나도 그렇게 말했지만, 나는 끝내 한 마디도 하지 못했다. 뭐라고 말할 입장이 아니라는 생각도 들었고, 어쩔 수 없다는 알베르토의 말도 이해가 갔다. 하지만 섭섭했다. 말귀를 알아듣지 못하는 어린애처럼, 그저 어쩔 줄 몰라 했다.

"너무 그렇게 섭섭해하지 마."

파올라가 말했다.

"지금 있는 것만으로도 당분간은 괜찮을 거야. 팔리지도 않으니까."

마지막에는 농담처럼 그렇게 말했다. 맞는 말이었다.

하루하루가 그저 흘러간다. 내 바깥에서.

크리스마스에 마빈이 꽃다발을 보내주었다. 짙은 빨간색 장미의, 풍성한 꽃다발.

마빈답다.

생각은 그랬지만, 내게는 그렇게 큰 꽃다발을 꽂을 꽃병이 없어서, 할 수 없이 파스타 냄비에 담아 욕실에 두었다. 살풍경한 욕실에.

12

La Storia

이야기

봄. 아레시아는 앞으로 쓰러질 듯 뒤뚱거리며 걷고, 루카는 얼굴 아래쪽 절반에 평화로운 수염을 기르고 있다. 원래부터 상반신이 실팍했던 다니엘라는 요즘 들어 살이 더 쪘다고 걱정을 하고 있다. 부활절 연휴의 마지막 날, 우리는 이저오 호반으로 피크닉을 갔다.

호숫가 주변에는 보도를 끼고 잔디밭이 죽 펼쳐져 있고, 잎사귀가 무성한 키 큰 가로수가 시원한 나무 그늘을 드리우고 있다. 화창한 월요일.

3월은 축제의 계절이다. 곱게 차려 입은 아이들이 광장을 줄지어 행진하는 카니발로 시작해, 돈나의 날 — 올해도 마빈이 미모사를 보내주었다 —, 온 거리에 국기가 펄럭이는 친퀘조르나테, 성 주세페, 그리고 파스쿠아, 사흘 연속 공휴일이다. 마빈과 생활했을 때는, 돈나의 날 외에는 아무것도 하지 않았는데 올해는 다니엘라와 함께 신나게 놀았다. 아레시아를 데리고 카니발에도 참가했고 — 옛날, 나와 다니엘라는 원피스를 입고 행진을 했었다. 어느 해에는 다니엘라가 머리에 티아라를 했던 것까지 기억하고 있다 — , 지난주에는 올리브 가지를 받으러 성당에도 갔다. 비둘기 모양의 축하 빵도 먹었다. 정겨운 행사들. 끝까지 이탈리아에 녹아들지 못한 엄마조차 이 계절에는 다소나마 즐거워했던 기억이 난다(현관 꽃병을 장식하고 있었던, 아버지가 보내준 미모사 한 송이). 그러나 나는 어린 시절부터 친숙해 있는 이 나라의, 이 도시의 생활.

"바람이 좀 부는데."

루카가 말했다. 다니엘라는, 정말, 이라고 대답하고 아레시아에게 망토를 둘러준다. 베이비핑크색 조그맣고 보드라운 망토다. 나는 그런 세 사람을 바라보면서, 마호병에서 홍차를 따라 마셨다. 다니엘라가 끓인 달콤한 홍차.

"이제 곧 아오이 생일이네."

다니엘라가 불쑥 말했다.

"아직 멀었어."

생일. 5월이면, 나는 서른 살이 된다.

"무슨 계획 있어?"

그러니까, 그 마빈이랑, 이라고 조심스럽게 덧붙인다.

"마빈하고?"

나는 눈썹을 치켜올렸다.

"없어. 있을 리 없잖아."

우리가 헤어진 지 벌써 팔 개월이다. 다니엘라는 고개를 으쓱한다.

"연락은 있잖아?"

루카가 다니엘라를 거들었다.

"생일날, 마빈이 아오이 씨를 그냥 놔둘 리 있을까?"

"그러니까 하는 소리지."

다니엘라가 맞장구를 친다.

내 생일, 마빈은 해마다 고급 레스토랑에 자리를 예약해두었다. 선물을 준비하고, 아침에 일어나자마자 이마와 정수리에 축하의 키스를 해주었다.

이제 놓아버린 것, 멀리로 보내버린 것.

"하지만,"

다니엘라가 말한다.

"하지만, 아무 계획도 없으면 우리 집에 와. 생일날 혼자서 지내면 절대로 안 돼."

호수를 건너오는 바람에서 시원한 물 냄새가 난다.

"이제 슬슬 갈까. 길이 복잡해지기 전에."

나는 말하고, 일어나 엉덩이를 턴다.

4월이 되자, 계절이 후퇴한 것처럼 쌀쌀하고 매일 비가 내렸다. 후퇴, 란 말은 어쩐지 나에게 어울린다. 자조적으로, 그런 생각을 한다.

비 내리는 날, 가게 안에서는 푸근하고 편안한 냄새가 난다. 조그만 판넬히터에서 나오는 따뜻한 공기. 유리창 너머로, 비에 젖은 길과 버스 정거장이 보인다.

오늘 아침, 평소처럼 앤티크 보석이 진열되어 있는 케이스를 닦으면서, 문득, 보석을 보는 눈을 기르려면 어떻게 해야 하나, 하고 생각했다. 예를 들면 지금 눈앞에 있는 백 년 전의 루비 — 그것은 비교적 조그맣지만 놀랍도록 사랑스러운 루비다. 역사를 느끼게 하는 쥐색 플라티나 받침에 더 작은 다이아몬드와 함께 루비가 박혀 있는 반지인데 — 가 루비나 루비에 못 미치는 색깔 있는 돌이나, 정교한 가짜 속에 섞여 있다면, 나는 이 아름다운 보석을 찾아낼 수 있을까.

앤티크 보석 장사를 그만두겠다는 파올라의 말에 나는 기묘한 후회를 시작한다. 그녀들이 여기저기 돌아다니며 보석을 사들일 때 같이 따라가, 조금씩이라도 방법을 배워놓을걸…….

앤티크 보석은 스토리를 갖고 있다. 나는 그 스토리들에 매력을 느끼고 있다. 새로운 보석을 만들어내는 알베르토의 감각과 그 질은 인정하지만, 아직 스토리를 갖고 있지 않은 그 물건들은 내게는 그저 상품에 지나지 않는다. 보석이 갖는 스토리. 사랑받은 여자의, 그리고 사랑받지 못한 여자의…….

벨이 울려 리모컨으로 유리문을 열었다. 유리문 너머에서, 마빈의 커다란 몸이 옆으로 서서 우산을 접고 있다.

"부온 조르노."

그냥 인사말조차도 특별한 울림을 갖는 마빈의 낮고 정다운 독소리.

“부온 조르노.”

나는 가능한 한 명랑한 목소리와 밝은 얼굴로 그를 맞았다.

“비가 참 잘도 내리네요.”

그러게 말이야, 라고 대답하는 마빈의 영어에, 모국어 같은 편안함을 느꼈다.

“오늘은? 손님에게 선물할 거 사려고요? 아니면 누구에게 할 선물?”

“아니.”

마빈은 말하고, 내 바로 앞에 서서 나를 본다. 어디를 가든 차를 타는 마빈은, 바깥 날씨가 쌀쌀한데도 와이셔츠 차림이다. 빳빳하게 풀을 먹인 물색 셔츠.

“다음 달에 귀국하기로 했어(I have to go back).”

그것은 예상치 못한 말이었다.

“귀국(Go back)?”

나도 모르게 되묻자 마빈은 어깨를 으쓱하고는,

“회사가 정한 일이라서.”

라고 말했다.

“당신이 경영하는 회사잖아요?”

마빈은 피식 웃는다. 그리고, 장난기 어린 어린애 같은 표정으로, “나 혼자서 하는 게 아니니까”라고 대답했다.

“다음 달 언제?”

"글쎄. 중순쯤일까. 준비되는 대로."

나는 할 말이 없었다.

"하지만, 또 돌아올 거죠?"

잘 모르겠어(Who knows), 벌써 멀게 느껴진다. 지금 여기에 있는데, 없는 사람처럼.

"그래서(Well),"

숨을 한 번 쉬고 마빈이 말했다.

"아오이가 나와 같이 가주었으면 좋겠어."

이 사람 특유의, 차분한 태도와 명석한 말투. 그럼에도, 그 바로 뒤에는 엄청난 긴장과 불안이 숨어 있음을, 지금의 나는 분명하게 알 수 있다.

"음(Well)."

나도 말하고, 숨을 한 번 쉬었다. 마빈이 내 말을 가로막았다.

"지금 대답하지 않아도 돼."

플리즈, 라고 덧붙인다.

"진심이야. 내 인생을 아오이가 함께해주었으면 해. 과거야 어떻든 상관없어. 두 번 다시 따지고 들지 않을게. 하고 싶지 않은 말은 하지 않아도 돼. 그냥, 같이 가주기만 하면 돼."

마빈이 입을 다물자, 갑자기 비 냄새가 짙어진 듯한 느낌이 들었다. 차가운 4월의 비. 그리고 비누 냄새 같은 마빈의 살 내음.

"마음이 정해지면 전화해줘. 식사라도 같이하자구. 어떤 대답이든."

마빈은 미소 지으며, "나의 — 우리라면 좋겠지만 — 귀국과, 당신의 생일을 축하해야지"라고 말했다.

"괜찮지?"

물론, 이라고 대답하는 수밖에, 달리 어떤 대답이 가능할 것인가.

"준비할 거 많아요?"

내가 묻자, 마빈은 아니(Not really)라고 대답하고, 나는 그 대답이 무척 마빈답다고 생각했다.

"Good."

우리는 마주 웃고, 마빈은 가게에서 나갔다. 빗속으로. 밀라노 속의 조그만 미국으로. 그의 인생이 있는 장소로.

일을 끝내고 집으로 돌아오자 아홉 시가 다 되었다. 계단을 올라가 현관문을 열고, 우편함의 마중을 받는 생활에도 익숙해졌다. 조그만 아파트의 조그만 부엌.

수프와 파스타로 저녁을 먹고, 욕조에 물을 받아 몸을 담갔다. 욕조 속에서 손발을 뻗는다. 창문을 살며시 열고, 밤비 냄새를 맡았다.

— 아오이가 나와 같이 가주었으면 좋겠어.

마빈은 내 눈을 똑바로 쳐다보고 그렇게 말했다. 공정하고, 성실하게.

미국.

알고 있었던 일이다. 마빈에게는 마빈이 있어야 할 장소가 있고, 살아야 할 이야기가 있다.

— 내 인생을 아오이가 함께해주었으면 해.

이게 마지막이란 것도 알고 있다. 마빈이 나에게 그런 말을 하는 것은 이번이 마지막이다. 몇 년 동안이나 곁에 있어주었던 마빈.

정신을 차리자 나는 눈썹을 찡그리고 욕실 벽을 쏘아보고 있었다. 휑하고, 하얗고, 차가운 욕실. Izis의 사진도, 하얗고 두꺼운 고급 타일도, 목덜미를 마사지해주는 마빈도 없는 욕실.

나는 눈을 감고, 맥없는 숨을 토했다.

— 귀국과 생일을 축하해야지.

마빈은 그런 말도 했다. 나의, 생일.

— 좋아. 십 년 후 5월이란 말이지. 그럼 21세기네.

티없이 밝게 웃는 얼굴로 쥰세이가 말했다. 내 서른 살 생일에 피렌체의 두오모에 같이 오르자고 약속했다. 바로 그날, 이런 곳에서 나 혼자 — 여전히 괴팍스러운 책벌레인 채 — 욕조에 몸을 담그고 있을 내 모습은 상상조차 하지 않았다.

— 피렌체의 두오모? 왜 하필이면? 밀라노의 두오모는 안 돼?

쥰세이는 이상하다는 표정이었다.

내내, 쥰세이와 함께일 것이라고 생각했다. 우리의 인생은 다른 곳에서 시작됐지만, 반드시 같은 장소에서 끝날 것이라고.

만나고 말았다, 고 생각했다. 교외의 조그만 대학에서, 도쿄란 불가사의한 도시에서.

영원히, 쥰세이와 함께일 것이라고 생각했다. 헤어질 수 없다고.

— 아오이.

쥰세이가 부드러운 목소리로 내 이름을 부르면, 나는 그만큼 행복으로 충만할 수 있었다.

— 사랑해. 고통스러울 정도로.

젊고 진지한 눈길로, 조용히 그렇게 말한 쥰세이.

이미 지난 일이란 것을 알고 있다. 약속은, 우리가 행복했던 시절의 추억에 지나지 않는다.

첨벙, 물소리를 내며 욕조에서 나온다. 싸구려 핑크색 — 대체 무슨 생각으로 이런 색을 골랐을까, 하고 목욕할 때마다 생각한다 — 목욕 타월로 물방울을 닦아냈다. 알몸으로 부엌에 가서 물을 마신 다음, 조그만 컵에 아마레토를 다랐다.

비는 여전히 내리고 있다.

"시장에?"

파올라는 어쩐 일이냐는 표정이었다. 오후 두 시, 점심시간이고 우리는 식사 후 안쪽 사무실에서 커피를 마시면서 쿠키를 먹고 있었다.

"네. 따라가면 안 될까요?"

앤티크 보석 시장은 몇 군데나 있고, 물건을 사는 데 특별한 자격이 필요한 것도 아니다. 그렇기에 더더욱 보는 눈과 경험이 요구되는 세계다.

"상관은 없지만."

오늘 파올라는 카나리아 옐로우색 블라우스에 깔끔한 회색 치마를 입고 있다.

"그건 그렇고 무슨 바람이지?"

나는 애매하게 웃었다.

"그냥 한번 가보고 싶어서요."

"체르토, 논 아프로블레마(물론, 문제 될 거야 없지)."

파올라는 자잘한 땅콩이 들어 있는 쿠키를 한 개 입에 넣고, 승낙해주었다.

어제저녁 마빈에게 전화를 걸었다. 같이 갈 수 없다고. 그렇게 말할 것이니, 빨리 알려주는 편이 좋겠다고 생각하면서도 일주일이 지나고 말았다.

— 어떻게 돼가고 있어요(How are the things)?

내가 묻자, 마빈은 넉넉한 목소리로,

— 순조롭게 진행되고 있어(Things are OK).

라고 대답했다. 나는 할 말을 잃었다. 갑자기 그 대화 자체가 견딜 수 없어졌다.

— 당신은 어때?

그 질문에는 대답하지 않고,

— 지금 당장 할 말이 있어요.

라고 말했다.

— 지금?

마빈은 놀라는 투였다.

— 네, 지금.

내가 말하자, 마빈은 잠시 침묵하고.

— 곤란한데.

라고 말했다. 몇 초 전까지와는 전혀 다른, 낮고 쓸쓸한 목소리였다.

— 당신, 내가 바라지 않는 대답을 갖고 오겠지. 그렇지?

아뇨, 라고 말할 수 있다면 얼마나 좋았을까.

— 후회할 거예요.

대신 나는 그렇게 말했다.

— 알아요. 난 틀림없이 후회할 거예요. 모른다면 가르쳐줄게요, 당신은 완벽해요, 마빈.

수화기 속에서 씁쓸하게 웃는 기척이 느껴졌다.

— 위로해줄 건가.

절반은 노였지만, 절반은 예스였다. 마빈은 완벽하다. 진심으로 그렇게 생각한다. 하지만 나는 후회하지 않는다. 후회는 이미 다 고갈되었다. 몇 년 전에, 이미.

— 설마.

나는 마지막 거짓말을 했다.

다시 짧은 침묵이 흘렀다.

— 귀국 날짜는 정해졌나요?

— 아아. 예정이 좀 늦춰졌어. 5월 31일로.

5월 31일. 앞으로 한 달이다, 라고 생각했다. 앞으로 한 달이면 마빈은 밀라노에서 사라져버린다. 밀라노에서, 그리고 나의 인생에서도.

"앤티크 장사 그만둔다고 그래서, 아오이 씨가 아쉬워한다는 거 알아."

파올라의 목소리에 나는 현실로 되돌아왔다. 수요일 오후의 가게 속으로.

"하지만 말이지, 그렇게 하는 게 좋아. 시간은 쉬지 않고 흐르니까, 우리가 그만두어도, 앤티크 보석에는 아무 영향 없어. 그렇지?"

나는, 네, 라고 대답하고 고개를 끄덕였다.

5월.

햇살이 이 도시에도 짧은 인사를 하고, 성급한 사람들은 선글라스에 티셔츠를 입는 달. 개구리 정원의 녹음은 날이 갈수록 푸르러지고, 페데리카가 사는 아파트의 정원에는 등나무 꽃이 소담한 꽃술을 늘어뜨리고 있다.

— 정말 그래도 되는 거야?

다니엘라는 나를 만날 때마다 거의 질책하듯 다그친다.

— 마빈을 이대로 돌려보내도 정말 괜찮느냐구?

마빈과는 다음 주에 만날 약속을 했다. 그리고 25일 — 내 생일 — 에는, 노베첸토에서 우리 네 사람 — 마빈과 나와 다니엘라와 루카 — 이 함께 식사를 하기로 되어 있다. 마빈의 귀국과 내 생일을 축하하기 위해서. 옛날처럼.

5월.

모든 것이 색채로 넘치고, 이제 곧 다가올 여름에 사람들이 밝음을 되찾는 달.

5월 14일, 일요일. 마빈과 카페 스탕달에서 만났다. 정겨운, 아메리칸 브런치 카페.

개방적인 실내 분위기, 세련된 가게 사람들. 나는 먼저 도착했지만, 책을 읽지 않고 기다리고 있었다. 가게로 들어오는 마빈을 보고 싶었다. 커피와 햄버거와 프렌치토스트 냄새, 여기저기서 들려오는 영어.

마빈은 청바지를 입고 있었다. 짙은 갈색 머리, 웃음 띤 넉넉한 얼굴.

"잘 잤어?"

벌써 점심시간에 가까운데, 마빈은 그렇게 물었다.

"잘 잤어요."

나도 그렇게 대답했다. 쉬는 날, 내가 곧잘 늦잠을 잔다는 것을 마빈은 알고 있고, 나는 일찍 일어나는 마빈이 오늘 아침에도 스포츠센터에 다녀왔을 것임을 알고 있다.

"앞으로 두 주일 남았네요."

앞자리에 앉은 마빈의, 오른쪽 귀 위 머리가 약간 흩뜨러져 있었다.

"음. 두 주일이야(Yeah. Two weeks)."

마빈이 말했다. 마치 혼잣말을 중얼거리듯 들렸다.

"보고 싶을 거예요."

나는 감상을 띠지 않도록 조심조심 말했다. 마빈은 냅킨을 무릎에 펼치면서 — 대형 냅킨도 마빈의 손 안에서는 손수건만 해 보인다 — 미소 지었지만, 말은 하지 않았다.

우리는 거기서 풍성한 브런치를 먹고, 커피를 마셨다.

"일본에서는 말이죠."

나는 말했다.

"봄은 출발의 계절이에요. 만남과 헤어짐의, 그리고 출발의."

마치 우리가 9월을 그렇게 느끼는 것처럼, 이라고 덧붙이자, 마빈은 내 말뜻을 이해하고, "봄이? 재미있군"이라고 말했다. 이탈리아에서나 미국에서나, 입학과 신학기는 9월이다. 긴긴 여름휴가가 끝나고 시원한 바람이 불기 시작하면, 모두들 자기 생활을 시작한다.

"그거 아주 동양적인데."

마빈은 사려 깊은 표정으로 말했다.

"식물의 사이클하고 같잖아."

"그래요. 재밌죠?"

이 가게에 있다 보면, 늘 많은 사람들이 마빈에게 아는 척을 한다. 다들 어디에 숨어 있었을까, 하고 생각될 정도로 많은 미국 사람들이.

"이제 어떻게 할 거야?"

마빈이 물었다. 나는 딱히, 라고 대답했다. 우리는 가게를 나왔다.

"날씨가 아주 따뜻한데."

햇빛에 눈을 가늘게 뜨고 마빈이 말한다. 오랜만에 마빈과 나란히 걷는다.

내가 마빈의 요구를 거부한 일에 대해, 마빈은 아무 말도 하지 않았다.

"건강하게 지내요."

내가 말하자, 마빈은 단박에 "걱정 안 해도 돼"라고 대답했다. 그 말이 서로에게 할 수 있는 최선의 말임을 알고 있었다.

"그럼 25일에 또."

그렇게 말하고 헤어졌다. 길에다 세워둔, 내 피아트 옆에서.

저녁나절, 욕조에 몸을 담그고 책을 읽으면서, 불쑥 나는 고독하다고 생각했다. 자업자득인 고독이다. 마빈을 잃었다. 과거 쥰세이를 잃었던 것처럼. 두 사람 다, 분명하게 내 눈앞에 존재했었는데.

옛날부터 그렇다. 나는 손을 뻗지 못한다. 누군가가 나에게 손을 뻗어도, 나는 그 손을 맞잡지 못한다.

먼 옛날, 밀라노에 정을 붙이지 못하는 엄마에게 화를 내며 등 돌린 어린애에서 조금도 변하지 않았다. 나에게는 아무것도 닿지 않는다. 다니엘라의 친절함도 알베르토의 우정도.

쥰세이가 보고 싶다.

북받쳐 오르는 오열만큼이나, 그렇게 생각했다. 쥰세이와 얘기를 하고 싶다. 이런 식으로 살아왔다는 것을, 쥰세이는 이해해줄 것이다. 설명하지 않아도. 단순하게. 그러리란 확신이 있었다. 과거에 그랬기 때문이 아니라.

책을 덮고, 한숨을 쉬었다. 창문으로 저녁 공기가 흘러들어온다.

— 책벌레.

쥰세이는 그렇게 말하며 웃을까.

지나가 감기에 걸렸다. 나이가 많아 모두들 걱정했는데, 열도 내리고 별 탈 없이 완쾌되었다. 나는 한 번은 병문안을 가고, 한 번은 꽃을 보냈다. 꽃은 '방 안의 정적을 더하지' 않도록 노란색 프리지아를 골랐다. 개구리 정원 근처에 있는, 내가 좋아하는 꽃가게에서.

— 예쁜 꽃, 고마웠어.

오늘 아침, 전화에서 지나는 그렇게 말했다.

— 이제 완전히 나았어. 모두들 왜 그렇게 야단법석인지.

그렇게 말하고 한숨을 쉬었다. 지나다운, 못마땅하다는 말투였다.

— 잘됐네요.

나는 안심하고 웃으면서 진심으로 말했다.

샤워를 할 때만 해도 그럴 생각이 아니었다. 다음 주에는 지나를 만나러 가야지, 하고 생각했다. 커피를 마시고, 준비를 하는 동안에도 그럴 생각이 아니었다. 화창한 바깥으로 나가, 모스그린색 내 사랑하는 피아트를 타고 평소처럼 가게에 도착할 때까지는.

"안녕."

알베르토는 벌써 공방에서 일을 시작한 상태였다. 하얀 벽, 커다란 작업대, 라디오에서 흘러나오는 가요곡.

여기서 뭘 하고 있는 거지.

그렇게 생각했다. 여기는, 오늘, 내가 있을 장소가 아니다. 주변의 모든 것이, 그렇게 말하고 있었다. 활짝 열려 있는 창문과, 거기로 내려다보이는 밀라노 거리, 작업대에 널려 있는 공구 하나하나와, 빨갛고 조그만 체라 조각. 오늘, 5월 25일에, 여기는 내가 있을 장소가 아니다.

— 약속해줄래?

그렇게 말한 것은 나였다.

— 피렌체의 두오모에, 너랑 오르고 싶어.

같이 갈 거라고 생각했다. 그때 어디에 살든, 우리는 같이 있고, 그곳에서 같이 떠날 거라고. 피크닉처럼.

— 피렌체의 두오모? 밀라노가 아니고?

이상하다는 듯 묻는 쥰세이에게, 나는 자랑스럽게 대답했다.

— 피렌체의 두오모는, 서로 사랑하는 사람들의 두오모니까.

그렇게 먼 앞날의 약속을, 쥰세이가 기억하고 있으리란 생각은 들지 않는다.

"알베르토."

그런데도 나는 기억하고 있었다. 줄곧.

왜요, 노래하듯 가볍게 돌아보는 알베르토에게,

"오늘, 일찍 돌아가고 싶은데."

라고 말했다. 의논이나 부탁이 아닌, 단순히 사실을 고하는 말투였다.

"파올라에게는 내가 연락할 테니까, 만약 아무도 일할 사람이 없으면 오후에 가게 좀 봐줄 수 있을까요?"

알베르토는 뜻밖이라는 표정이었다. 일주일에 사흘 파트타임으로 일할 때를 포함해 나는 한 번도 일을 쉰 적이 없다. 다른 사람이 아프거나 해서 가게에 못 나올 때, 대신 나와 주는 일은 드물지 않았지만.

"좋아요."

고마워요, 라고 대답하고 일 층으로 내려가 바로 전화를 세 통 걸었다. 파올라와, 이전에 함께 일했던 — 지금은 내가 쉬는 수요일에만 일하고 있는 — 여자와, 그리고 다니엘라에게.

"피렌체!?"

다니엘라는 거의 어이없다는 듯 소리를 질렀다.

"오늘? 지금?"

도무지 영문을 모르겠다는 다니엘라에게, 그러나 설명은 하지 않았다.

"선약이 있었는데 깜박 잊고 있었어. 루카에게도 미안하다고 전해줘. 돌아오면 연락할게."

그 말만 하고 전화를 끊었다.

누구에게 못할 짓을 하고 있다거나, 실례라든가, 그런 생각은 할 수 없었다. 아무래도 상관없었다. 내 안의 무언가 — 터무니없이 강하고, 천방지축인 무언가 — 가 나를 휘젓고 있는 것 같았다. 일을 정리했다. 차근차근 일을 정리했다. 차근차근, 하나씩, 쥰세이를 향하여.

마빈에게는 편지를 썼다. 편지라고 하기에는 아무 멋도 없는, 메모 같은 것이다.

즐거웠어요. 행운을 빌어요. 키스를.

아오이.

끝내 그 이상의 말은 생각나지 않았다. 나는 메모를 주머니에 집어넣고, 점심시간이 되기를 기다려 밖으로 나왔다. 사람과 자동차로 시끄러운, 먼지와 햇빛에 빛나는 밀라노 거리로.

중앙역의 중후한 위용도, 플랫폼을 덮고 있는 아치형 천장도 눈에 들어오지 않았다.

가게를 나와서, 과거 내가 살았던 마빈의 아파트 우편함에 편지를 넣고, 그다음은 로마행 열차를 타야 한다는 생각밖에 없었다.

티켓을 사고, 게시판을 보고 몇 번 홈인지를 확인하고, 매점에서 생수를 샀다. 사람들의 분주한 흐름도 역무원의 불투명한 방송 소리도, 아주 멀게 느껴졌다.

창가 자리에 앉아, 차창 너머로 역내를 오가는 사람들을 바라보았다. 커다란 가방을 든 사람, 어린애를 데리고 있는 사람, 비즈니스맨, 사리를 입은 두 인도 여성. 열두 시 십이 분. 기차가 떠나려면 아직 팔 분이 남았다.

내 안에, 이만한 의지가 있었다니, 놀랍다.

아무런 주저도 없었다. 그때 이미 마음이 정해져 있었다. 알베르토의 공방에서, 아침 햇살 속에서, 나는 그저 인정하기만 하면 되었다. 피렌체에 간다는 것을. 두오모에 오른다는 것을. 쥰세이와 나눈 약속을 한시도 잊지 않았다는 것을.

발차 벨이 울리고, 문이 닫혔다. 몹시 흥분해 있었지만, 동시에 아주 담담했다. 나 자신이 하고 있는 행동을 이해하고 있었다. 전에 없이 분명하게 이해하고 있었다. 감정이, 해방되는 것을 느낄 수 있었다.

세 시간 후, 기차는 피렌체에 도착했다. 약간 희미해진 햇살이, 그 때문에 한층 더 초여름 눈부신 빛으로 사방을 부드럽게 감싸고 있었다.

역 앞 광장으로 나와, 어린 시절 부모를 따라 와본 후로 처음인 도시의 공기를 마셨다. 피렌체. 도시 자체가 하나의 거대한 박물관인, 아담하고 아름다운 도시. 그래서 관광업에 의지하지 않을 수 없는 운명을 걸머진 도시.

밀라노에서 불과 세 시간 거리라고는 여겨지지 않을 만큼, 전혀 분위기가 다른 도시다.

— 오고 말았어.

가슴속으로, 쥰세이를 향해 중얼거렸다. 그 옛날 사랑했던 학생 신분의 쥰세이가 아니라, 도쿄에서 — 아마도 우메가오카에 있을.

도쿄는 지금 깊은 밤이다. 쥰세이는 자고 있을까 — 자고 있을 지금 이 순간의 쥰세이에게.

— 오고 말았어.

어처구니가 없겠지, 라고 덧붙이고는 씁쓸히 웃었다. 그래도 마음은 어쩐지 후련하고, 기분은 들떠 있다.

알게 모르게 각오하고 있었던 것이다. 그런 생각이 들었다. 오늘 여기에 올 것이라고, 언제 그렇게 마음먹었느냐고 묻는다면, 십 년 전이라고 대답하는 수밖에 없다.

두오모는 도시의 중심에 있었다.

도시의 비좁음에 비하면 너무도 큰, 그 압도적인 양감과 시간의 흐름이 알알이 새겨져 있는 대리석 벽. 빛바랜, 부드러운 핑크에 녹색이 섞인 색조인데도, 과묵하고 남성적으로 보인다.

— 피렌체의 두오모는 서로 사랑하는 사람들의 두오모야.

그렇게 말한 페데리카에게, 사랑이란 이렇게 거대하고 고요하며, 흔들림 없는 것이었을까.

여기서 올려다보면 둥그런 지붕이 보이지 않는다. 광장 전체가 그늘에 싸여 있는데도 아이스크림을 먹으며 걷고 있는 관광객들을 힐금거리며 비둘기가 퍼덕퍼덕 저녁 하늘 높이 날아간다.

정면 왼쪽에 있는 안내를 지나면, 어두컴컴하고 경사가 급한 계단이 시작된다. 공기가 써늘하고 눅눅했다. 세월이 어린 장소에 서면, 늘 정겨운 냄새가 나는 것은 어째서일까. 내게 정겨운 장소인 것도 아닌데. 계단은 양쪽으로 벽이 있어 답답하지만, 그런 만큼 군데군데 뚫려 있는 창문으로 날아드는 빛과 외기가 눈과 폐를 찌를 듯 강렬하다.

나선상의 계단을 열심히 오르는 사이, 숨이 가빠지고, 다리가 무거워졌다. 때로 내려오며 스치는 사람들이 미소를 보내기도 하고 어깨를 으쓱하기도 하며 지나간다.

— 좋아. 십 년 후, 5월이란 말이지. 그때는 21세기네.

그렇게 말한 쥰세이의, 들판 같은 웃는 얼굴을 지금도 기억하고 있다.

도중에 몇 번인가 평평한 장소가 있었다. 미국인인 듯한 중년 커플과 스쳤다.

나는 땀에 흠뻑 젖어, 앞으로 앞으로 나아갈 수밖에 없는 그 돌계단을, 나 자신이 통과해온 시간처럼 느끼고 있었다.

눈앞에, 아치형 직선 계단이 나타났다. 정상, 이라는 것을 알게 된 순간, 걸음이 주춤했다.

— 정말, 오고 말았어.

계단 앞으로, 조그맣고 파란 하늘이 보인다.

— 하늘만 그리는 화가가 되고 싶어.

쥰세이가 옛날에, 그런 말을 했었다. 낭만주의자였다. 열심히 데생을 했었다. 성실한 사람이었다.

정상이 가까워지자, 신선한 바깥바람 냄새가 났다. 한 계단씩, 하늘로 다가간다. 하늘로, 그리고 과거로. 미래는 이 과거의 끝에서나 찾을 수 있다.

조그맣게 숨을 들이쉬고, 나는 정상에 올라섰다. 빛 속으로. 평화롭고 조용한 피렌체 거리의 저녁 하늘이 한눈에 내려다보였다. 끝없이 이어지는 적갈색 지붕들. 빽빽한, 거의 빈틈없는.

"아아, 시원한 바람."

나는 바람에게로 얼굴을 들이밀듯 하고서 음미했다. 피렌체의, 두오모 정상으로 부는 바람을.

모두들, 거리를 바라보고 있다. 다리를 쭉 뻗고 털퍼덕 앉아. 기둥에 기대어. 혹은 책을 베개 삼고 누워.

대리석 기둥에는 여기저기 낙서가 적혀 있었다. 날짜, 이름, 그리고 사랑하는 사람의 이름. 나는, 그것을 보고 미소 짓는 자신을 느꼈다. 사랑하는 사람의 이름.

벽을 따라 천천히 걷는다. 적갈색 지붕들 너머, 저 멀리로 완만한 구릉이 보인다.

성당의 첨탑, 빨래가 널려 있는 창.

올라온 계단의 정 반대쪽, 도시의 반대편이 내려다보이는 장소까지 걸어갔을 때, 내 눈이 한 점으로 빨려 들어갔다.

그 사람은, 한쪽 무릎을 세우고 앉아 있었다.

약간 비스듬하게, 그러나 거의 등이 똑바로 보이는 위치에서, 나는 그 사람이 쥰세이라는 것을 알 수 있었다. 깜짝 놀라, 순간적으로, 설마, 하고 생각했지만, 나는 이미 확신하고 있었다. 저 등은 쥰세이의 등이다. 틀림없다. 쥰세이의 등이다.

움직일 수 없었다.

잠시 그 자리에 선 채로, 나는 쥰세이를 보았다. 자그마한 몸집에, 꼿꼿한 자세, 십 년이란 세월이 지났어도 전혀 변한 것 없이 보이는, 그리운 쥰세이.

말을 걸어야 하나 말아야 하나 망설이지 않았다. 믿어도 좋을지, 그것을 망설였다.

지금 내 눈앞에 있는 쥰세이가 그 쥰세이라고, 약속한 대로 내 생일에 이곳에 와주었다고, 믿어도 좋은 것인지.

믿어도 좋을지 말지, 하지만 마음을 굳히기에 앞서 나는 걷고 있었다.

"쥰세이."

만나고 싶어서 견딜 수 없었다고 고백하듯, 고통스러운 목소리로 그 사람의 이름을 중얼거렸다.

돌아본 쥰세이의, 기억 속보다 야윈 볼. 숨이 멈추는 줄 알았다. 피렌체 거리가 내려다보이는 두오모의 꼭대기에서. 부드러운 저녁 햇살 속에서.

13

Il Raggio Del Sole

햇살

사고가 완전히 멈춰버렸다. 멍하니, 인형처럼 텅 비어 있었다. 피렌체발 밀라노행 기차의, 닳아빠진 4인석 좌석에 몸을 털썩 맡기면서.

폭풍우 같은 사흘간이었다. 폭풍우 같은, 그리고 빛의 홍수 같은.

— 아오이.

일어선 쥰세이는, 옆얼굴로 저녁 햇살을 받고 있었다. 학생 시절보다 얼굴이 날카로워 보였다.

— 오고 말았어.

나는 말했지만, 그러나 말에는 아무 의미도 없었다. 나는 쥰세이에게서 눈을 뗄 수가 없었다.

우리는 서로 마주 보고 있었다. 티셔츠만으로는 다소 쌀쌀한, 초여름 두오모의 지는 해 속에서.

— 기다리고 있었어.

늘 그렇다. 쥰세이의 말은 나를 안심시켜준다. 진정으로.

— 응.

고개를 끄덕이는 게 고작이었다. 믿을 수 없었다. 눈앞에 쥰세이가 있다는 것을. 그리고, 내가 거기 있다는 것을.

— 서른 살 생일, 축하해.

쥰세이가 희미하게 미소 지으며 말했다. 미소. 잊고 있었다. 이 사람의 미소는, 이렇게도 자연스럽고 부드럽다.

— 오리라곤 생각 안 했어.

쥰세이의 목소리는, 오히려 난감하다는 듯이 들렸다.

— 이미 그런 약속 잊어버렸을 거라고 생각했는데.

라고 말했을 때도,

— 행복하게 살고 있다고 들었기 때문에, 절대로 오지 않을 거라고 생각했어.

라고 말했을 때도.

행복하게? 잘 모를 소리였다. 벌써 잊고 있다. 마빈도, 밀라노도, 어떤 이야기 속의 일처럼 멀다.

— 그런데, 와주었어.

쥰세이가 말했다. 쥰세이가 말을 하면 할수록, 나는 어쩔 줄을 몰랐다. 쥰세이를 난감하게 만들고 싶지는 않았지만, 그러나 어째야 좋을지 알 수 없었다.

우리는 마냥 우뚝 서 있었다. 십 대들처럼 어쩔 줄을 모르고. 떨리는 환희와 절망적인 불안 사이에서. 장밋빛과 파란색이 뒤섞인 하늘 아래서.

십 년. 그 시간이 한줌 보잘것없는 덩어리처럼 느껴졌다. 옆으로 비켜놓으면, 없었던 것처럼 될 것 같았다. 십 년. 하지만 동시에, 현기증이 일 만큼 긴 세월이란 생각도 들었다.

— 내내, 내내, 이날을 기다리고 있었어.

나는, 아무 말 하지 마, 라고 말하고 싶었다. 아무 말 하지 마, 라고.

빨려 들어가듯 몇 걸음 다가가, 쥰세이의 목에 두 팔을 감았다. 살며시. 깨져버리면 어쩌나 겁을 내면서. 아니면, 내가 지금 이 순간에 부서져버리는 것은 아닐까 겁을 내면서.

쥰세이의 두 팔이 나를 껴안는 것을 느꼈다. 목 뒤로 쥰세이의 온도를 느꼈다. 쥰세이의 두 팔에 먼저 힘이 주어졌는지, 내가 먼저 힘주어 매달렸는지, 생각나지 않는다.

내내, 이러고 싶었다.

그렇게 생각했다.

지금 이렇게 있는 것보다, 그렇게 오랜 세월 이렇게 있지 않을 수 있었다는 것이 믿기 어려웠다.

— 쥰세이…….

흘러넘치는 마음이, 그 말로밖에 표현되지 않았다.

기차는 똑바로 달리고 있다. 창밖은 단조로운 전원 풍경이다. 군데군데 바랜 핑크색과 수수한 황금색 소박한 집들이 서 있을 뿐이다.

건너편 의자에 앉아 있는 비즈니스맨은 긴 다리를 불편하게 구부린 채 무릎에 서류 가방을 올려놓고 신문을 읽고 있다.

나는, 내가 기차를 타고 움직이고 있다기보다, 기차가 나를 주변 공기와 함께 에워싸고 짐처럼 이동시키고 있는 것처럼 느낀다. 기계적으로.

쥰세이와 나는 두오모의 좁은 계단을 함께 내려왔다. 몹시 기묘한 기분이었다. 방금 전, 그 계단을 혼자 올랐을 때, 이렇게 쥰세이와 둘이서 내려오는 장면 따위는 상상도 할 수 없었다.

우리는 피렌체 거리를 걸었다. 부드러운 바람이 흘렀다.

쥰세이는 피렌체 거리거리를 잘 알고 있었다.

— 살았더랬어.

그렇게 말해서 나를 놀라게 했다. 쥰세이가 피렌체에 살고 있었다. 밀라노에서 엎드리면 코 닿을 곳인 피렌체에. 역사가 저만치에다 내버려둔 듯한 이 조그만 도시에.

그 말은 후회 비슷한 애틋함으로 내 가슴을 옥죄었다. 십 년. 모든 것이 믿겨지지 않았다.

다리 위에 서서 아르노 강을 바라보았다. 강은, 조용하고 평화롭게 흐르고 있었다. 해 질 녘, 장난감처럼 늘어선 기념품 가게들.

— 미안. 아무 준비도 못 했어.

쥰세이는 미안하다는 듯 말했다.

— 약속한 날에 약속한 장소에 와놓고서 좀 이상한 말이지만, 여

기서 아오이를 만나리라고는 꿈에도 생각지 않았어. 그래서 만나면 어디에 갈지, 어떻게 할지, 아무 생각도 못 했어.

정말 난감하다는 투다.

강을 따라 나 있는 가로수길에, 가로등이 하나둘 켜지기 시작했다. 아직 기운 해가 남아 있어서, 불빛이 눈에 띄지 않는다. 눈에 띄지 않는데도, 하나씩 불을 밝히고 있다.

— 알아.

나는 말했다.

— 나도 똑같은걸. 너를 만나리라고는 전혀 생각 못 했어. 아무 생각도 없었고, 아무 생각도 할 수 없었어.

우리는 조금을 더 걸어, 아담한 레스토랑에서 식사를 했다.

쥰세이는, 값은 비싸지 않아도 맛이 또렷한 레드와인을 골랐다. 예쁜 동작으로 와인 잔을 입으로 옮긴다.

— 술, 많이 세졌네.

쥰세이는, 생각지도 않은 말을 들었다는 듯이 씩 웃고는,

— 어어, 나름.

하고 대답했다. 나는, 내가 모르는 쥰세이의 십 년을 생각했다.

음식은 맛있었지만, 우리는 둘 다 별로 먹지 않았다. 먹을 생각이 없었다.

— 쳐다보기만 해서 미안해.

쥰세이가 그렇게 말했을 때, 나는 내가 혼이 난 줄 알았다. 실례라는 것을 알면서도, 도무지 쥰세이에게서 눈길을 떼지 못하는 것은

내 쪽이었으므로. 실제로 우리는 도가 지나친 연인들처럼 서로를 쳐다만 보고 있었다. 애정이라기보다, 어떤 유의 비현실감 속에서.

비현실감.

그건 말 그대로 비현실감이었다. 빛 속에서, 믿을 수 없을 만큼 행복하고, 하지만 그것이 환상이 빚어내는 빛의 숭고함이란 것을 우리는 둘 다 알고 있었고, 알면서도 고집스럽게 받아들이려 하지 않았다. 환상이 빚어내는 빛. 그것은 일몰 같은 숭고함으로, 우리의 온몸을 구석구석 채웠다.

아가타 쥰세이.

나는 눈앞에 있는 남자를, 완벽한 신뢰감으로 바라보았다. 그 풍요롭고 부드러운 검은 머리칼과, 놀람과 기쁨에 일일이 민감하게 반응하는 눈동자, 때로 겸연쩍게 미소 짓는 엷은 색 입술, 곱상하게 자랐음이 드러나는 목덜미.

알고 있다. 과거 나는 그 하나하나를 사랑했고, 지금도 여전히, 이렇게 사랑하고 있다.

서양배와 파르미자노(파르마산 치즈 — 옮긴이)로 디저트를 끝내고, 우리는 밖으로 나와 촉촉하고 상쾌한 밤공기 속을 또 걸었다. 묵을 장소를 정하지 않았다는 것 하며 밀라노로 돌아가려면 역으로 가야 한다는 생각 따위, 도저히 할 수 없었다.

— 이 공기.

나는 말했다.

— 쥰세이가 있는 공기, 오랜만이네.

피렌체는 조용한 도시다. 밤이지만 이 시간에도 우리처럼 거리를 어슬렁거리는 관광객들로 거리의 조용함이 더욱 부각된다. 새 건물이 없는 도시.

쥰세이가 묵고 있는 호텔의 일 층, 허름한 바에 들어갔다. 카운터 자리에서, 우리는 아페롤을 주문했다. 아마레토가 아닌. 고등학생 시절, 친구들과 바에 가면 늘 그것을 마셨다. 오렌지색, 그리 독하지 않은 술.

바에서 우리는 추억을 얘기했다. 일본에서의 일, 대학을 다닐 때, 쥰세이가 타고 다니던 영국제 스쿠터. 다카시에 관해서도, 내가 살던 아파트의 옆방에 살았던 루이비통을 좋아하는 여자. 학교 식당의 메뉴, 우메가오카에서 있었던 일 하네기 공원.

기억은 하염없이 되살아나고, 말은 끝없이 흘러넘쳤다. 마치 이때를 기다렸다는 듯이. 한층 허무해질 만큼.

얘기하면서, 나는 자신이 기억하고 있는 줄 몰랐던 것까지 기억하고 있어 놀랐다. 그 시절 에어컨이 없었던 쥰세이의 방에서 무더웠던 여름, 쥰세이가 사용하던 신즈 와인 오프너 끝에 붙어 있던 조그만 범선, 쥰세이의 할아버지가 그린 추상화의, 파랑도 초록도 아닌 깊은 색과 노란색의 대조, 두툼하게 끝이 부풀어 오른 붓.

언어가 기호 같았다. 기호이기에, 그렇게 쉽사리 입에서 미끄러져 나오는 것이리라. 소중한 것은 무엇 하나 말하지 못한 채.

쥰세이는 푸근하게 풀어져 있는 것처럼 보였다. 나 역시 그렇게 보인다는 것을 알 수 있었다. 그리고, 어느 쪽이나 조금도 풀어져 있지 않다는 것도.

— 한 잔 더 마실래?

쥰세이가 물었다. 나는 고개를 저었다.

— 그럼, 방으로 갈까?

쥰세이의 말이, 단순한 질문처럼 울렸다. 쥰세이의 성실하고 부드러운 목소리는, 거절해도 상관없다고 말하고 있었다. 그것은 그야말로 쥰세이다운 잔혹함이었다.

— 그래.

나는 말하고, 싱긋 미소 지어 보였다. 어느 쪽이라도 좋지만, 그럼 그렇게 하지 뭐. 마치, 그렇게 생각하고 있기라도 하듯.

옛날, 우리가 둘 다 학생이고 형제처럼 사이가 좋았던 연인 시절, 나는 쥰세이의 방에서 자는 날이 기뻤다. 섹스 때문이 아니라, 그냥 둘이 몸을 기대고 잘 수 있다는 것이 기뻤다. 그렇게 잠잘 때, 우리는 아마도 같은 속도와 같은 리듬으로 숨을 쉬고 있을 것이라 생각했다. 미지의 모국 일본에서, 같은 세포를 만났다고.

도저히 헤어질 수 없을 것이라고 생각했다. 헤어지는 것도, 이렇게 추억을 얘기하는 것도, 있을 수 없는 일이라고 생각했다.

벌써 한 달 넘게 묵고 있다는 쥰세이의 방은 조그맣지만 편안하고, 창문으로는 피렌체와 강이 내려다보이는 미색 벽지의 방이었다.

— 이상해. 일본에서 있었던 일은, 생각하지 않은 지 오랜데.

나는 침대 끝에 걸터앉아, 계속해 추억을 얘기하려고 애썼다.

— 아오이.

아무런 예고도 없었다. 쥰세이가 내 앞을 가로막고 서서, 내 몸을 쓰러뜨리며 입술을 포갰다. 눈을 감아도 언제든 알 수 있는, 쥰세이의 살, 쥰세이의 느낌.

— 아오이.

토막토막 귓전에서 속삭여지는 내 이름. 내가 그러려고 생각하기 전에, 내 팔이 쥰세이를 끌어안고, 내가 그러려고 생각하기 전에, 내 손가락이 쥰세이의 등을 기어 다녔다. 내내, 이렇게 있고 싶었다. 이럴 수 있기를, 애타게 기다렸다. 그리웠다. 더 이상 참을 수 없었다. 말도, 기억도 닿지 않는 장소에 있었다. 둘만의 장소에. 밀라노도, 마빈도, 내가 모르는 쥰세이의 십 년도 쫓아오지 못할 장소에.

— 보고 싶었어.

나는 겨우, 그 말을 할 수 있었다. 보고 싶었다고, 너무너무.

기차가 중앙역 홈으로 들어가자, 건너편 자리에서 서류 가방 위에다 엽서를 놓고 쓰던 비즈니스맨이 볼펜은 가슴주머니에 꽂고 엽서는 서류 가방에 넣고 서둘러 일어선다.

저녁이다. 엷게 구름진 회색의.

쥰세이가 나쁜 것은 아니다.

그것은 알고 있다. 하지만, 마치 버려진 듯한 기분이 드는 이 모순을 어떻게 할 수가 없다.

쥰세이는 나를 붙잡지 않았고, 나 또한 그래 달라고 말하지 못했다.

쥰세이에게 버림받기는 두 번째다. 그런 생각을 하며 피식, 힘없이 웃는다.

— 무사한 거야?

오늘 아침, 전화에서 파올라는 걱정스럽게 물었다.

— 가게는 염려없어. 알베르토도 있고. 그런 얘기 하고 있는 게 아니잖아. 어디 있는 거야. 다니엘라가 얼마나 걱정하고 있는지 알기나 해. 그렇게 갑자기 없어지다니, 아오이답지 않다구.

또박또박한 이탈리아어에, 끝내 웃고 말았다.

— 걱정 끼쳐서 죄송해요. 전 아무 일 없어요. 괜찮아요. 저녁때는 돌아갈 거예요. 내일은 가게에 나갈 테니까.

다니엘라가 있는 밀라노, 파올라와 지나가 있는 밀라노. 내일부터 나는 나의 생활을 처음부터 다시 시작하게 된다. 일을 하고, 끝까지 친절했던 마빈을 보내고, 처음부터 다시. 사람은, 그 사람의 인생이 있는 곳으로 돌아가는 것이 아니다. 그 사람이 있는 장소에, 인생이 있다.

나는 매점에서 콜라를 사서, 선 채로 그것을 마셨다.

— 이제야 겨우 돌아와주었군.

나의 머리칼을 쓰다듬으며 쥰세이가 말했을 때, 쥰세이의 어깨에 머리를 묻고, 나도 같은 생각을 하고 있었다. 겨우 돌아왔다고. 쥰세이의 몸은 따뜻하고, 강인하고, 내 몸을 껴안기에 꼭 알맞은 사이즈였다.

우리는 형제처럼 달라붙어 잠들었다. 행복하고 불행한, 무모하고 야만스러운 형제처럼.

눈을 떴을 때, 방 안은 이미 아침 해로 가득했다.

— 이리 와봐.

속옷만 입은 모습으로, 창가에 선 쥰세이가 불렀다.

— 저기.

아르노 강이었다. 수면 가득 아침 해가 빛나고 있다.

— 5월 26일이네.

나는 말했다. 어제를 경계로, 새로운 인생이 시작된 것이라면 얼마나 좋을까, 하고 생각하면서.

쥰세이가 나의 등을 껴안고, 우리는 잠시 그렇게 강을 바라보았다. 옛날, 같은 자세로, 우메가오카의 아파트 창문으로 하네기 공원을 바라보았듯.

— 오늘은 어디로 갈 거야?

내가 명랑한 목소리로 묻자, 쥰세이도 밝은 목소리로,

— 어디든.

이라고 대답했다.

— 우선 아침을 먹어야지.

— 좋아. 우선은 아침.

우리는 여행자였다. 발랄한, 그리고 순간적인.

미술관에 갔다. 시뇨리아 광장을 걸어가, 오르산미켈레 성당도 들여다보았다. 다리를 건너, 낙원 추방 벽화가 있는 성당까지 걸음을 하였다. 따뜻한 날이었다. 그림을 보고 있는 쥰세이를 보고 있자니 가슴이 아렸다. 먼 옛날, 그림을 대하는 이 사람의 한결같은 열정에, 나는 절반은 사랑을, 절반은 질투를, 그리고 외로움을 느꼈다.

— 굉장하군, 이 그림.

쥰세이는 팔라티나 미술관에 전시된 라파엘로의 그림 앞에서 그렇게 말했다.

— 수심에 찬, 그러나 한없이 부드러운 표정이야.

나는 그림은 잘 모른다. 다만, 몇 번이나 보았을 그 그림을, 마치 처음 보기라도 하는 것처럼 흥분과 열정으로 얘기하는 쥰세이의 그 목소리와 말투 하나하나를 가슴에 새기고 싶었다.

그 밤에도 우리는 서로를 꼭 껴안고 잠들었다. 난폭할 정도로 사랑을 나눈 후에. 미색 벽으로 둘러싸인 방에서.

— 사랑해.

잘 자, 라고 말하는 대신에 나는 그렇게 말했다.

— 사랑해.

군더더기 하나 없는 언어의 무게로, 쥰세이도 말했다. 말 그대로였다. 줄곧 알고 있었다.

이제 얼마나, 이렇게 함께 있을 수 있을까.

그렇게 생각해야 하는 것이, 점차 견딜 수 없어졌다. 아마도 쥰세이 역시 마찬가지였으리라. 우리는 그것을 알고 있었고, 암암리에 그것을 지연시키고 있었다.

하지만 앞으로 하루.

나는 잠들기 전에 생각했다.

부탁이니까 하루만 더.

사흘째도 날이 맑았다.

방에서 커피를 주문해 마셨다. 슬픔이 극에 달해 있었다.

— 오늘은 어디 갈 거야?

내 말은, 이제 더 이상 명랑하게 울리지 않았다.

— 아오이.

고통에 일그러진 목소리로, 하지만 내 얼굴을 똑바로 쳐다보면서 쥰세이가 말했다. 나는 듣고 싶지 않았다. 그래서 말했다. 듣고 싶지 않다고.

— 아오이.

쥰세이는 다시 한 번 말했다.

— 이리 와봐.

부드러운 목소리였다. 잔인할 정도로 부드러운 목소리. 나는 이름을 불린 아이처럼, 침대에 걸터앉아 있는 쥰세이의 품에 안겼다. 커피 잔을 든 채로.

— 네 이야기를 해봐.

내 머리에 입맞춤하고, 머리칼을 쓰다듬으며 쥰세이가 말했다.

— 아오이가 지금 어떻게 생활하고 있는지.

나는 숨을 가쁘게 들이쉬었다, 토했다. 몸을 비틀어 쥰세이를 보았다. 슬픈 얼굴을. 그리고 앞을 쳐다보고 얘기했다. 지나와 파올라의 보석 가게에서 일하고 있다는 것, 거기서 마빈을 만났다는 것,

함께 살기 시작한 것, 다니엘라가 결혼해서 여자아이를 낳았다는 것, 페데리카는 잘 지내고 있고, 가끔 식사에 초대해준다는 것.

마빈과 헤어졌다는 말은 하지 않았다. 왜였을까.

— 행복한 거지?

나는 앞을 향한 채 희미하게 고개를 끄덕였다. 거의 보이지 않을 정도로 희미하게.

쥰세이는 내 머리칼에 또 입맞춤을 했다. 더할 나위 없이 부드럽게. 그리고 천천히 말을 꺼냈다. 고화 복원사가 되려고 피렌체에 왔다는 것, 선생님을 만났다는 것, 선생님의 그림 모델이 되었던 것. 쥰세이는 그림을 복원하는 일에 대해서도 담담하게 얘기해주었다. 복원사가, '잃어버린 시간을 되돌릴 수 있는, 세계에서 유일한 직업'이란 것도.

그리고, 메미란 여자에 대해서도. '새끼 고양이'처럼 분방하고 재기발랄하고, 한결같고 정직한 여자라고.

소중한 그림을 누군가가 칼로 그은 사건이 있었다는 것, 일본으로 귀국하자 메미가 뒤쫓아 왔다는 것, 할아버지가 입원한 것, 선생님이 돌아가시고, 피렌체에 다시 돌아온 것.

이야기를 다 끝내자, 쥰세이는 커피를 마셨다.

— 오락가락, 한심하지.

두오모에서 만났을 때, 볼이 야위어 보였던 기억을 떠올렸다. 정갈한, 그러나 지쳐 보이는 얼굴이었던 것도.

— 쥰세이.

나는 온몸으로 쥰세이를 향하고, 한 손으로 쥰세이의 볼을 쓰다듬었다.

— 응?

하지만 알고 있었다. 내가 할 수 있는 일이 아무것도 없다는 것을. 내가 끼어들 수 없는 장소에서, 이 사람은 이미 새로운 인생을 쌓아가고 있다.

— 쥰세이.

쥰세이. 쥰세이. 쥰세이. 나는 몇 번이나 중얼거리면서, 쥰세이의 두 손을 잡고 일으켰다.

— 한 번만 더. 사랑하고 있어. 너무너무. 얼마나 만나고 싶었는지, 어쩌면 너도 알아주지 못할 정도로.

쥰세이는 무슨 소린지 모르겠다는 듯 웃었다.

— 좋아. 하자, 물론 좋지.

우리는 침대로 쓰러졌다. 온 방으로 넘치는 하얀 빛 속에서. 슬픔만이 가득한 입술을 포개고, 이제 하나의 이야기를 끝내려 몸을 섞었다. 사랑을 담아. 절망 속에서. 과거와 미래가 연결된 장소에서.

— 대담해졌는걸.

달콤한 땀을 잔뜩 흘린 후, 시트 속에서 쥰세이가 말했다.

— 옛날에는, 햇빛 속에서는 싫다고 했는데.

나를 놀리듯 말한다.

— 음, 나름.

나는 시치미를 떼고 일어났다.

— 우리, 맛있는 점심 먹자. 오후 기차로 돌아갈 거니까.

쥰세이는 표정을 바꾸지 않았다. 내 얼굴을 빤히 쳐다보고 있다. 생각해보면, 나는 붙잡아주지 않는 쥰세이의 올바름과 성실함을 사랑한 것이었다.

쥰세이는, 순간적으로 표정을 풀고 미소 짓더니,

— 알겠어.

라고 말했다.

— 걱정 마, 막지 않을게.

내 얼굴이 뒤틀린 것을, 쥰세이가 눈치채지 못하기를 바랐다.

— 아오이.

만날 수 있어서 얼마나 다행이었는지, 라고 쥰세이가 말했다. 사랑한다, 고 말하는 것과 똑같은 울림으로.

— 나도.

샤워를 하고, 우리는 점심을 먹으러 나갔다. 화창한 한낮의, 피렌체 거리로.

| 저자 후기 |

이 색다른 소설을 쓰자는 계획은, 맑게 갠 날 시모기타자와에서 태어났습니다. 그리고 음울하게 구름진 겨울의 밀라노에서, 이 소설은 피와 살을 얻었습니다.

어떤 사랑도 한 사람의 몫은 이 분의 일이란 것을, 어떤 사랑을 하는 것보다 절실하게 느끼면서 이 년 남짓을 일했습니다.

이것은 아오이의 이야기입니다. 아오이와 아오이의 인생의. 그리고 사랑에 관한 한, 모든 것의 절반인 이야기입니다. 나머지 절반, 아오이가 모르는 쥰세이와, 아오이가 모르는 아오이 자신은 다른 소설에 담겨 있습니다.

랏데리아, 란 직역하면 우유를 마시는 곳이라고 하는데, 하교 길에 초등학생이 마중하러 온 엄마와 차를 마시곤 하는 소박하고 고풍스러운 분위기의 가게입니다. 소설에는 나오지 않지만, 구름진 추운 날의 오후, 랏데리아에서 커피를 마시면서, 아아, 아오이는 이런 곳에서 자랐겠지, 하고 생각했습니다.

인생이란 그 사람이 있는 장소에서 성립하는 것이란 단순한 사실과, 마음이란 늘 그 사람이 있고 싶어 하는 장소에 있는 법이란 또 하나의 단순한 사실이 이 소설을 낳게 했습니다.

내 책의 후기로는 이례적으로 감사의 말을 드립니다.

밀라노에서의 생활을 하나에서 열까지 완벽하게 보살펴주신, 그들이 해준 모든 일 속에서 하잘것없는 일부분이었다고 생각하지 않을 수 없을 만큼 세심하게 소설의 디테일을 받쳐주고, 끊임없이 나를 도와주신 나카오 부부, 잡지에 연재를 하는 동안 매달 사랑스러운 일러스트를 그려주신 페포 씨, 아오이에게 그 어떤 장소보다 친밀한 장소인 밀라노의 〈친구들의 밤〉에게 감사드립니다.

학교를 창립할 당시의 일화 등을 재미있게 들려주신 밀라노 일본인 학교의 교감 선생님, 피렌체에서 '버터와 호두를 낀 말린 석류'를 전수해주신 아가타 씨, 유학생 생활에 대해서 얘기보다는 온몸에서 느껴지는 분위기로 그 첨예한 고독을 엿보게 해준 젊은이들에게 감사드립니다.

그리고 처음부터 듬직하게 곁에 있어준 현 가도가와 서점(및 전 가도가와 서점)의 편집부 분들에게는 특별한 감사를.

마지막으로, 작가로서 내게 없는 자질만 고루 갖추고 있는 나이브한 파트너, 츠지 히토나리 씨에게는 그 본질적인 재능에 경애를 표합니다.

맞거울 같은 이 두 권의 책이 독자의 '냉정과 열정 사이'로 전달될 수 있기를…….

에쿠니 가오리

| 역자 후기 |

저녁나절이면 기우는 햇살을 받으며 습관적으로 욕조에 목욕물을 받는 여자가 있다. 한적한 시간이면 엷은 칵테일을 마시며 책을 읽는 여자. 아침, 앤티크 보석 가게에서 첫 손님을 기다리며 창밖으로 오가는 낯익은 사람들을 무심히 바라보는 여자. 그 이름은 아오이(靑).

모락모락 김이 피어오르는 목욕물은 따스하고, 어깨를 주물러주는 애인의 손길은 듬직하고 푸근한데, 그녀의 목덜미로 서늘한 고독과 악몽의 그림자가 어린다. 온 젊음과 존재를 바쳐 사랑했던, 아니 지금도 사랑하고 있는 사람과의 봉인된 옛 추억은 그녀를 어떤 가슴에서도 안식할 수 없는 어둠에 가두고 있다.

그 어두운 추억으로부터 해방되지 않는 한, 그녀는 그녀 자신일 수 없다.

현실과의 거리를 좁힐 수 없다.

그녀의 예쁘장하게 포장된 일상, 그러나 허망하고 위태로운 껍질 같은.

마침내 그 위태로움에 균열이 생기고.

십 년 전, 그와의 약속을 지키기 위해 떠나는 짧은 여행.

또는 현재의 허위와 결별하려는 여행.

과거가 머물러 있는 고도(古都) 피렌체, '사랑하는 사람들의 두오모'에서 거의 그녀 자신의 분신인 아가타 쥰세이와의 재회.

헤어짐의 이유였던 오해가 풀리그 사랑도 재확인하지만, 그녀 자신으로 돌아온 그녀는, 빛을 되찾은 그녀는, 사람의 있을 곳이란 오직 자기 가슴뿐이라는 깨달음을 안고 새로운 내일을 예감하며 발길을 돌린다. 이런 사랑의 반쪽 이야기.

어떤 사랑에든 희망과 절망이 있고, 애정과 증오가 있고, 오해와 이해가 있고, 포용과 배척이 있듯 그 모든 양극이 한데 어우러져야 온전한 사랑이듯, 아가타 쥰세이와 아오이의 이야기가 한데 얽혀 하나의 사랑 이야기가 완성되는 독특한 소설.

김난주